www.tredition.de

Victoria Gaisberger

Liebeserklärung an das Leben

www.tredition.de

© 2018 Victoria Gaisberger

ISBN
Hardcover: 978-3-7469-3116-6
Paperback: 978-3-7469-3115-9
e-Book: 978-3-7345-2420-5

Verlag und Druck:

tredition GmbH, Halenreie 40 - 44, 22359 Hamburg

Eine Liebeserklärung an das Leben

*Plötzlich durchströmte mich eine heftige Freude.
Die Freude am Leben zu sein. Meine Welt konnte
das sein, was ich aus ihr machte, nicht das, was
andere für mich vorgesehen hatten. Ich bekam
wieder Lust an der Zukunft. Es war eine Zukunft,
die ich nicht kannte, weil ich meine Gegenwart
veränderte. Die Bitterkeit und Traurigkeit der
letzten Jahre fiel von mir ab, und endlich wusste
ich genau, was ich wollte. In Dankbarkeit dachte
ich an alle Menschen, die ich liebte und die mich
durch ihre Liebe geprägt hatten. Aber ich
gedachte auch derer, die mich auf andere Weise
verändert und zu dem Menschen gemacht
hatten, der ich war. Nichts im Leben geschieht
durch Zufall. Jeder Mensch muss seinen
Lebensweg bis zum Ende gehen. Es lag noch so
vieles vor mir und es gab noch so viele Dinge, die
ich erleben wollte. Ich musste mich selbst*

erkennen, endlich wissen, wer ich wirklich war.

Man ist das, was die anderen wahrnehmen, hatte ich irgendwann einmal gehört. Das mochte ja auf die Gesellschaft zutreffen, aber sicherlich nicht mehr auf mich. Ich wollte nun wissen, wer dieser Mensch war, der nun schon seit 25 Jahren auf dieser Welt lebte und mir so fremd war.

Gerade musste ich an den jungen Mann denken, der einmal wöchentlich eine Meinungsumfrage bei seinen Freunden und Bekannten durchführte. Seine Fragen waren jedes Mal die gleichen: Wie wirke ich auf andere? Was stört andere an mir? Was sind meine Fehler? Wie kann ich meine Wirkung auf andere verbessern?

Die Freunde gaben ihm bereitwillig Auskunft und zuhause wertete er ihre Antworten aus. Er versuchte sein Bestes, den Regeln der Gesellschaft gerecht zu werden. Als er mich mit seinen Fragen bedrängte, gab ich ihm nur eine Antwort: „ Ich mag dich so wie du bist, und es ist gut so wie du bist." Daraufhin sah er mich *traurig an. Er hatte sich eine andere Antwort erhofft. Nun war er enttäuscht darüber, nichts in seinen Fragebogen eintragen zu können. „Wir dürfen uns nicht für andere verändern", versuchte ich ihm zu erklären, nur dann, wenn wir es selber wollen." Er ging traurig davon und dachte wohl, dass er sich den weiten Weg zu mir hätte sparen können. In der Zeit hätte er schon fünf andere befragen können. Natürlich hörte er nicht auf mich. Wahrscheinlich ist es auch gut so, denn heute ist er Topmanager in einem der erfolgreichsten Unternehmen unseres Landes. Jedem das Seine, dachte ich. Wusste er, wer er wirklich war und was er wollte? War er glücklich?*

Wenn mir Menschen auf der Straße begegneten, dann fragte ich mich immer, ob sie glücklich waren und ob sie das erreicht hatten, was sie sich vorgenommen hatten. Ich fragte mich, was ihr Traum gewesen war als sie noch Kinder waren. Kinder glauben, ihnen stünde die

ganze Welt offen und das Leben wäre dazu da,
um ihre Träume zu erfüllen. Wenn man sie fragt,
was sie später einmal werden wollen, dann
erklären sie mit leuchtenden Augen: Astronaut,
Feuerwehrfrau, Reitlehrer, Polizistin, oder Frisör,
Anwältin usw. Niemand sagt ihnen, dass
wahrscheinlich keiner seinen Traum
verwirklichen kann. Zwar sind dies durchaus
keine abwegigen Berufe, jedoch gibt es immer
wieder Hindernisse, die sich zwischen einen
jungen Menschen und seinen Traumberuf
stellen. Meistens wird man von der Gesellschaft
in eine bestimmte Richtung gezwungen.
Da gab es das Mädchen, dessen Traum es war,
Frisörin zu werden. Es war intelligent und
erreichte in der Schule immer die besten Noten,
ohne sich jemals dafür anstrengen zu müssen.
Für die Eltern war immer schon klar gewesen,
dass ihre Kleine einmal studieren würde. Als sie
ihnen also sagte, sie hätte etwas ganz anderes
im Sinne, lachten sie nur und meinten:

„Irgendwann wird dir eine ausgezeichnete Schulbildung noch zugute kommen." Sie schickten ihre Tochter auf eine höhere Schule in der Erwartung, sie würde ihre guten Leistungen fortsetzen. Das Mädchen war unglücklich. War das Lernen zuvor leichtgefallen, so musste es sich nun anstrengen, um überhaupt positive Noten zu erlangen. Seine Eltern konnten sich diesen Leistungsabfall nicht erklären. Sie sagten ihm sehr oft, es wäre undankbar, weil es nicht würdigte, welche gute Ausbildung ihm ermöglicht wurde. Zu dem Gefühl zu versagen, kam nun auch der Gedanke, seine Eltern, die es ja liebte, enttäuscht zu haben. Es kam gerade so durch die fünf Jahre Schule. Mittlerweile war es so betrübt und enttäuscht vom Leben, dass es nicht wusste, was es jetzt machen sollte. An ein Studium war nicht mehr zu denken, das hatten auch die Eltern eingesehen. Aufgrund der guten Beziehungen ihres Vaters kam es in einem Büro unter. Nun geht es jeden Tag zu einer Arbeit, die es nicht erfüllt und es führt ein freudloses Leben.

In den letzten Jahren hatte ich so vieles gelernt und das auf eine nicht immer sanfte Weise. Ich habe viel Gutes erlebt, aber auch viele Fehler gemacht, für die ich bitter bezahlen musste. Manchmal gab es Momente, in denen die Lebensfreude komplett aus mir wich. Es waren Momente, in denen ich nicht mehr weiter wusste und auch nicht weiter wollte. Ich glaubte, mein Weg wäre schon zu Ende, weil es um mich herum nur Sackgassen gab. Aber an jenem Morgen, als ich über die taunasse Wiese ging, wusste ich, dass dies noch lange nicht das Ende war. Ich brauchte nur den Mut aufzubringen, das Leben mit all seinen Facetten anzunehmen, keine Angst vor Rückschlägen und Schmerzen zu haben. Das Leben konnte nicht immer schön sein. Manchmal weist uns erst ein schmerzhafter Schlag darauf hin, dass wir in die falsche Richtung gehen. Dann können wir entweder so

weitermachen wie bisher oder einen ganz
anderen Weg einschlagen. Ich habe nun den
anderen Weg gewählt.
Endlich war ich so glücklich wie ich es mir immer
gewünscht hatte. Natürlich weiß ich, dass mich
niemand verstehen wird. Es ist auch weder
meine Absicht, Verständnis zu erwecken, noch
möchte ich mit diesen Zeilen um Verzeihung
bitten. Ich weiß nun, wie ihr alle, ihr Menschen,
die mich liebt, fassungslos seid. Ihr werdet
sagen, ich sei verrückt geworden.
Wahrscheinlich habt ihr Recht damit. Ihr werdet
euch fragen, warum ich so überstürzt gehandelt
habe und warum ich euch meinen Entschluss
nicht mitteilte. An diesem einen Tag, als die
Sonnenstrahlen mein Gesicht erwärmten und ich
in den blauen Himmel sah, wusste ich, dass es
dies war, was nun zu geschehen hatte. Dann
habe ich alles Notwendige in die Wege geleitet.
Warum ich euch nicht gesagt habe, dass ich
fortgehe? Ihr hättet mich nicht gehen lassen.

Wenn ich gesagt hätte: „ Ab morgen bin ich nicht mehr hier, " dann hättet ihr mich davon abgehalten. Und ich wäre geblieben, weil ich euch liebe und will, dass ihr glücklich seid. Wahrscheinlich wäre ich dann immer trauriger geworden und der Wunsch weit weg zu gehen, wäre irgendwann verblasst. Doch die Sehnsucht nach dem Unbekannten und der weiten Welt wäre geblieben. Darum bin ich fort, weil die Liebe befreien soll und nicht gefangen nehmen. Zu sagen: „ Ich liebe dich!", ist kein Versprechen und damit wird auch keine Verbindlichkeit eingegangen. Lieben heißt auch manchmal loszulassen. Liebe darf niemals mit dem Wunsch zu besitzen verwechselt werden. Niemand soll sagen: „ Ich liebe dich!" und damit meinen: „ Ich will, dass du mir gehörst." Wenn man jemanden immer in seiner Nähe haben will, dann glaubt man zu lieben. Doch für viele kann Liebe nur dann existieren, wenn sie möglich ist. Dies bedeutet, nur jemanden zu lieben, der auch immer in der Nähe sein kann und die Liebe auch erwidert. Nur wenige haben den Mut, ihre Liebe weiter gehen zu lassen und Grenzen zu überschreiten. Die Angst verletzt zu werden und Narben davonzutragen, ist zu groß. Dabei wird vergessen, dass Lieben eine Bereicherung ist. Egal, wen wir lieben, unsere Gefühle sind intensiv und wir glauben uns dem großen Glück etwas näher. Wird diese Liebe von der erwählten Person nicht erwidert, sind wir enttäuscht und beschließen, unser Herz nicht mehr an diesen Jemand zu verlieren. Doch meistens ist es dann bereits zu spät. Dabei lassen wir außer acht, dass wir daraus lernen und dadurch wachsen können. Denn obwohl unsere Gefühle nicht erwidert werden, so sind diese doch echt. Ich habe in meinem Leben viele Formen der Liebe kennengelernt. Und obwohl mir immer wieder gesagt wurde, dass dieses und jenes nicht möglich sei, so habe ich doch meinen eigenen Weg gewählt. Und auf die eine oder andere

Weise liebe ich jeden von euch. Ihr werdet immer einen Platz in meinem Herzen haben, denn ihr seid meine Familie und meine besten Freunde. In den letzten Wochen hatte ich das Bedürfnis, dies hier aufzuschreiben. Ich möchte euch nun von Ereignissen erzählen, die ihr nicht wissen könnt, weil ich sie nie jemandem erzählt habe. Jetzt, wo ich nicht mehr da bin, will ich, dass ihr genau wisst, mit wem ihr zu tun hattet. Ihr sollt an meinem Leben der vergangenen Jahre teilhaben, ihr sollt mit mir leiden und vor Glück weinen. Vielleicht könnt ihr mich dann besser verstehen. Wenn nicht, dann seht dies als einen sehr langen Abschiedsbrief an.

Ein Zuhause ist ein Ort, an dem man immer willkommen ist. Ich habe ein Zuhause und ich liebe es sehr. Darum werde ich irgendwann wieder zurückkommen. Natürlich kann ich von niemandem verlangen, auf mich zu warten. Also, wenn wir uns nicht wiedersehen, dann lebt wohl!

Markus blickte aus dem Heft auf. Es war auf jeder Seite vollgeschrieben. Manchmal waren auch Blätter eingefügt worden. Manches war kaum zu entziffern. Es schien alles in Eile hingekritzelt worden zu sein. Dennoch waren die Worte mit Sorgfalt gewählt. Er blickte sich nach Carina um. „ Was meinst du dazu?", fragte er. Das Mädchen lehnte am Koppelzaun und blickte gedankenvoll zu den Pferden, welche friedlich am Bach grasten. Markus trat neben sie und hakte noch einmal nach: „ Was soll das?". Carina schüttelte den Kopf. „Sarah wollte, dass wir es lesen", sagte sie nur. „Hat sie nicht gesagt, wohin sie wollte?" Ihm kam diese Sache sehr seltsam vor. „Nein", meinte Carina, „sie sagte mir nur, sie werde fortgehen. Ich durfte niemand etwas sagen. Bevor sie ging, gab sie mir dieses Heft in die Hand und bat mich darum, mich um alles hier zu kümmern." Markus sah nun ebenfalls zu den Pferden hinüber. Ein Windhauch fuhr durch die Bäume. Der kräftige braune Wallach machte einen übermütigen Satz zur Seite. Er war wunderschön anzusehen. Schließlich setzte er sich in Bewegung. Mit kraftvollen Tritten schwebte er über die Weide. Er schnaubte und saugte laut hörbar Luft durch seine Nüstern ein. Er genoss das herrliche Wetter in vollen Zügen. Seine lange Mähne und der seidige Schweif umhüllten ihn wie ein schützender Mantel. Der junge Mann musste den Blick von dem Pferd abwenden. Bei diesem Anblick kamen längst vergessene Erinnerungen in ihm wieder hoch. Jahrelang hatte er nichts von Sarah gehört. Manchmal, das musste er gestehen, waren die Bilder der Vergangenheit wieder gekommen, doch er wusste mittlerweile, wie er sie verscheuchen konnte. Sarah war anscheinend auch nie auf den Gedanken gekommen, zu ihm Kontakt aufzunehmen. Umso mehr erstaunte es ihn, als Carina bei ihm anrief. Sie bat ihn sobald wie möglich zu kommen und Romeo zu holen. Als er nun am Morgen hier am Pferdehof angekommen war, erklärte ihm Carina, dass ihre Chefin weg sei. Sie habe ihr die Verantwortung für den Hof übertragen und war fort. Niemand wusste, wohin sie gegangen war. Eines Morgens war sie samt ihren Sachen weg. Sie hatte davor weder unglücklich noch unzufrieden gewirkt. . Sie liebte ihre Arbeit und das Leben auf dem Pferdehof, den sie mit so viel Mühe aufgebaut hatte. Am Anfang hatte es seine Zeit gebraucht, bis der Betrieb so richtig gut lief. Doch nun konnte man sich wirklich nicht beklagen. Die Pferde waren mittlerweile so ausgelastet, dass fünf neue Schulpferde angeschafft werden mussten. In den letzten Jahren hatte Sarah auch die ersehnten Turniererfolge im Springreiten erreicht. Sie führte schon lange mit dem Mann eine Beziehung, den sie von ganzem Herzen liebte. Also warum war sie dann weg?

Alexander parkte sein Auto auf dem Parkplatz vor dem Haus. Er blieb noch einen Augenblick sitzen und dachte nach. Die Fahrt zu Sarahs Eltern hatte ihm nichts gebracht. Seit sieben Jahren war er nun schon mit der jungen, hübschen Frau zusammen. Er liebte sie über alles. Darum verstand er nicht, was geschehen war. Warum hatte sie ihm nicht gesagt, was sie vorhatte? Steckte ein anderer Mann dahinter? Daran mochte er gar nicht denken. Sarah war intelligent und wunderschön. Es wäre nicht sehr abwegig, wenn sie einen anderen gefunden hätte. Wut stieg in ihm hoch. Sarahs Eltern hatten keine Ahnung, wo sich ihre Tochter aufhielt. Er hatte sich erhofft, sie hätte mit ihnen geredet.

Nun gab es nur noch eine Möglichkeit.

Diese Erkenntnis traf ihn wie ein harter Schlag. Selbst Carina wusste nichts über den Verbleib seiner Freundin.

Sonst redete Sarah mit dem Mädchen über alles.

Er beschloss nach den Pferden zu sehen. Sarah liebte diese Tiere. Er hingegen hatte eine praktischere Einstellung zu ihnen. Er wusste, wie viele Reitstunden zu geben waren und wie viele Boxen man vermieten musste, um über die Runden zu kommen. Er war es, der seine Freundin immer bremsen musste, wenn diese einer scheinbar verrückten Idee hinterher lief. Sarah sprudelte nur so über vor guten Ideen. Dies war auch der Grund, warum sie mit ihrem Pferdehof so erfolgreich war. Alexander unterstützte sie wo er nur konnte. Doch manchmal musste er ihr auch sagen, dass sie dabeiwar, zu weit zu gehen und sich in einer Unternehmung zu verlieren, die absolut sinnlos war. Seit er seine Freundin kannte, beschäftigte er sich auch mit Pferden. Manchmal ritt er mit Sarah gemeinsam aus. Er scheute sich auch nicht, eine Mistgabel anzugreifen und den Stall auszumisten.

Er ging um das Haus herum und wusste nicht,

wie er sich fühlte, als er plötzlich jemanden sah, den er hier ganz bestimmt nicht vermutet hätte.

Markus drehte sich um und starrte in hasserfüllte Augen. „ Du sagtest doch, er wäre nicht hier", bemerkte er resigniert. Carina sah Markus erschrocken an. „Er wollte erst am Abend zurückkommen", sagte sie. Markus und Alexander waren sich nur einmal im Leben begegnet. Markus wusste, dass Alex ihn abgrundtief hasste. Wie der braune Wallach Romeo war auch der junge, aufbrausende Mann Teil einer längst vergessenen Zeit. Die Erinnerung kam nun schlagartig zurück. Er wollte sich dagegen wehren, doch er konnte es nicht. Das Mädchen Sarah tauchte vor seinem geistigen Auge auf. Sarah, wie sie auf dem Rücken ihres geliebten Romeo saß und glücklich lächelte. Wie viele solcher Momente hatte es in ihrem Leben danach wohl noch gegeben? „Wo ist sie!", riss ihn Alex aus seinen Gedanken. Die Wut des anderen machte Markus nur traurig. „Wo ist wer?", gab er gelassen zurück. „Du weißt es genau! Sag mir, wo meine Freundin ist."

„Ich weiß es nicht, es tut mir Leid für dich, dass sie weg ist." Alex war sich sicher, in Markus die Wurzel allen Übels gefunden zu haben. Jetzt fiel ihm auf, dass er einen Pferdeanhänger vor dem Haus stehen gesehen hatte. Zuerst hatte er nicht darüber nachgedacht, weil er mit so vielen Problemen beschäftigt gewesen war. Doch nun wurde ihm auf einmal alles klar. Sarah war bei ihm! Er hatte es gewusst, dass es nicht vorbei war. Aber warum hatte sie ihn jetzt verlassen? Endlich glaubte er mit ihr glücklich zu sein. Sie musste das seit längerem geplant haben. Wie lang schon betrog und belog sie ihn? Markus war nun gekommen, um das Pferd zu holen. Wahrscheinlich hatte sie ihn darum gebeten. Ohne ihren Romeo konnte sie anscheinend nicht leben, aber wohl ohne ihren Freund. Ein Gefühl der Enttäuschung überwältigte ihn. Sarah war seine große Liebe. Niemals hatte er eine andere Frau wie sie getroffen und niemals verspürte er das Bedürfnis, mit einer anderen zusammen zu sein. „Du hast sie mir weggenommen!", schrie er den überraschten Markus an.

Was bildete sich dieser Mensch überhaupt ein? Er hatte Sarah jahrelang nicht mehr gesehen, weil sie offenbar diesen Mann, der sie nicht glücklich machte, mehr liebte als ihn. Damals hatte er schweren Herzens ihre Entscheidung akzeptiert. Und nun bildete sich dieser Idiot ein, er hätte ihm seine Freundin weggenommen? Nun spürte auch er, wie die Wut von ihm Besitz ergriff. „Das hast du wahrscheinlich ganz allein geschafft! Ich bin wirklich froh darüber, dass sie es endlich fertiggebracht hat, von dir loszukommen", schleuderte er seinem Gegenüber ins Gesicht. Alex trat nun noch einen bedrohlichen Schritt auf ihn zu. „Wo ist sie!", rief er noch einmal. Carina sah von einem zum anderen. Ein kalter Schauer lief über ihren Rücken. Sie konnte das Band des Hasses, das die beiden verband, förmlich spüren. Sie sah sich um und sah das Heft am Boden liegen. Schnell hob sie es auf und hielt es zwischen die beiden Männer. Dies brachte Alex komplett aus der Fassung. „Was ist das? ", fragte er verwirrt, nachdem er Sarahs Schrift auf dem Umschlag erkannte. „Das", gab Carina zurück, „ ist vielleicht die Antwort auf deine Frage." Alex sah noch einmal von Markus zu dem Heft. Und obwohl der Drang, ihn zu schlagen noch immer sehr groß war, siegte seine Neugier. Mit zitternden Händen nahm er Carina das Heft aus den Händen. „Sie wollte, dass wir es lesen", sagte das Mädchen. „ Wir alle!"

Eine undurchdringliche Mauer hatte sich im
Laufe der Zeit um mein Herz gebildet. Manchmal
konnte ich es noch ganz leise klagen hören, doch

ich hatte gelernt, es nicht mehr wahrzunehmen. Früher war es mir immer wichtig zu wissen, was mein Herz mir sagte. Doch irgendwann beschloss ich, ihm keine Bedeutung mehr beizumessen. Es schrie und weinte, aber ich zeigte kein Mitleid. Es wurde weggeschlossen hinter eine überdimensionale Steinmauer. Seitdem wartete ich darauf, bis eines Tages jemand kommen würde, um die Mauer zu überwinden und mein Herz zu befreien. Und dann kam der Tag, an dem es mein Herz nicht mehr aushielt. So oft hatte es versucht, mit mir zu sprechen und versucht mir zu verstehen zu geben, dass es unglücklich war. Es sagte, ich solle es endlich hinauslassen. Es sehnte sich nach Freiheit. Ich wollte davon nichts hören.

Ich war auf mein Herz nicht gut zu sprechen. Immer wieder hatte es mir zu unüberlegten Handlungen geraten. Wenn ich dann darauf gehört hatte, war ich letztendlich verletzt zurückgeblieben.

Schließlich glaubte ich, es besiegt zu haben. Es war verstummt. Doch ich hatte mich getäuscht. Herzen sind stark. Sie geben niemals auf. Bis zum bitteren Ende kämpfen sie darum gehört zu werden. Und als ich keine Anstalten machte, ihm zu helfen, beschloss es seine letzten Kräfte zusammenzunehmen und die Mauer zu sprengen. Die Steine flogen nach allen Richtungen und mein Herz blieb alleine zurück. Zuerst konnte es sich gar nicht zurechtfinden, denn so lange schon hatte es keinen Kontakt mehr zur Außenwelt gehabt. Längst vergessene Gefühle strömten auf es ein. Sie waren voller Freude es wiederzusehen. Fast hätten sie geglaubt, sie würden es nie wieder sehen. Das Herz war überfordert. Es wusste zuerst gar nicht, welches Gefühl es zuerst zulassen sollte. Es verspürte zugleich Trauer, Freude, Wut, Glück, Erleichterung und Angst. Heute verstehe ich mein Herz besser. Nie wieder werde ich ihm bedeuten zu schweigen. Ich muss nicht alles

befolgen, was es mir sagt, doch es ist es wert
darüber nachzudenken. Mir ist immer wieder
gesagt worden wie wichtig es sei, nur nach der
Vernunft zu entscheiden. Doch niemand konnte
mir sagen, wie sehr ein enttäuschtes Herz leiden
muss.

„ Das hört sich so traurig an", stellte Carina fest.
„Ich wusste gar nicht, dass sie so unglücklich
war." Alexander und Markus tauschten einen
Blick. „Lies weiter", bat Alexander schließlich.

Ich gehörte nie zu den Menschen, die es
leichthatten, oft stand ich mir auch selbst im Weg.
Ich musste immer kämpfen für das, was ich wollte,
während anderen alles zuzufallen schien.
Manchmal konnte ich mir dann auch von
irgendwelchen Menschen anhören, dass ich es
nie schaffen würde. Dass ich es nie zu etwas
bringen würde. Zuerst betrübten mich diese
Aussagen sehr, doch später kam ich zu dem

Schluss, dass einige Leute eifersüchtig auf mich waren. Und da bemerkte ich plötzlich, dass an mir doch mehr dran sein musste als ich dachte. Anscheinend maßen mir fremde Leute so viel Bedeutung zu, dass sie sich darüber unterhielten, ob meine Ideen funktionieren würden. Über andere Menschen zu lästern hat den Vorteil, dass man seine eigenen Probleme dadurch geschickt verbergen kann. Mit der Zeit begriff ich, dass viele Menschen Angst davor haben zu versagen. Und dieser Angst versuchen sie mit Verdrängung zu begegnen. Am besten kann man Probleme dadurch verdrängen, indem man über andere herzieht. Meistens liegt da gar keine böse Absicht dahinter. Nun ja, warum sage ich jetzt so etwas? Ich bin mir selbst nicht ganz sicher. Ich wollte damit nur ausdrücken, dass mir im Leben und vor allem in der Liebe nie etwas leichtgefallen ist.

Romeo

*Den ersten richtigen Liebeskummer hatte ich
eines Pferdes wegen.*

*Der dunkelbraune Wallach legte seine Ohren
bedrohlich an. Verunsichert trat ich einen Schritt
zurück. Meine Erfahrung mit schwierigen
Pferden hielt sich bis zu diesem Zeitpunkt in
Grenzen. Mein größter Wunsch war, einmal
beruflich etwas mit Pferden zu tun zu haben. Seit
drei Jahren nahm ich nun regelmäßig
Reitunterricht. „Bei ihm musst du vorsichtig
sein", erklärte Peter, der Reitlehrer. „Dieses
Pferd ist nicht ganz richtig im Kopf." Erschrocken
sah ich das braune Tier an, welches nun
argwöhnisch in unsere Richtung äugte. Wie
konnte ein Pferd nicht ganz richtig im Kopf sein?
Ich wusste ja, dass es Menschen gab, die mit
ihrem Leben nicht zu Rande kamen, aber Pferde?
„Was stimmt denn nicht mit ihm?", wollte ich*

darum wissen. Peter, der schon zur nächsten Box weitergeeilt war, hielt inne und sah mich überrascht an. Offenbar kam es nicht oft vor, dass sich jemand für den schwierigen Braunen interessierte. „Das ist eine lange Geschichte", antwortete er resigniert. Irgendetwas faszinierte mich an diesem unleidlichen Pferd. Es hatte etwas an sich, dass mich daran hinderte einfach vorbeizugehen. „Ich möchte sie gerne hören", erklärte ich darum. Peter, der seinen Zeitplan einhalten musste, ging einen Kompromiss ein. „Also gut, aber erst nach den Reitstunden."

Ich hatte die ganze Zeit darauf gewartet, dass Peter mit seinen Reitstunden fertig wurde. Schließlich saßen wir gemütlich mit einigen anderen Reitschülern im Reiterstüberl beisammen. Anscheinend hatte er meine Frage bereits vergessen. Also sprach ich ihn nochmals darauf an. Der Reitlehrer überlegte kurz, dann erzählte er mir die Geschichte des braunen Pferdes. Der

Wallach war zwei Jahre alt und gehörte einer
reichen Dame, die nicht genügend Zeit für ihn
aufbringen konnte. Das Pferd war wohl sehr
teuer gewesen. Allerdings war mit ihm wenig
anzufangen, da es äußerst aggressiv auf jeden
reagierte, der es wagte sich ihm zu nähern. Was
genau mit diesem eleganten Braunen
schiefgegangen war, wusste nicht einmal die
Besitzerin. Seit geraumer Zeit war das Pferd nun
hier im Reitstall untergebracht. Peter sollte einen
Käufer für das Tier finden. Aber wer wollte schon
einen Zweijährigen haben, der absolut jedem
nach dem Leben trachtete?
Der Name des Pferdes war Romeo.
In den nächsten Wochen ging mir das braune
Pferd, welches das unbeliebteste im ganzen Stall
war, nicht mehr aus dem Kopf.
Als ich wieder einmal in den Reitstall kam, sah
ich, dass Romeo mit einigen anderen Pferden auf
der Koppel stand. Neugierig ging ich ein paar
Schritte näher. Niemals hatte ich ein schöneres

Pferd gesehen. Romeo stand am anderen Ende der Weide am Zaun und sah mir entgegen. Er war der Inbegriff von Eleganz und Anmut. Genau in diesem Moment begriff ich, dass ich mich in dieses widerspenstige, unberechenbare Pferd verliebt hatte.

Ich nahm meinen ganzen Mut zusammen und ging auf die Koppel, dem Pferd entgegen, das sich nun in Bewegung gesetzt hatte. Noch einmal rief ich mir in Erinnerung, was Peter mir erzählt hatte. Angst stieg in mir hoch, und ich überlegte, ob es nicht doch besser wäre umzukehren. Doch da war es schon zu spät. Der Braune hatte mich bereits erreicht. Zu meiner Überraschung stand nicht Feindseligkeit in seinen Augen sondern reine Neugier. Nun wurde ich mutiger. Ich griff in meine Hosentasche und holte ein Stück Karotte heraus, das ich ihm schließlich auf der flachen Hand reichte. Er schnüffelte zuerst unsicher an meiner Hand, dann nahm er das Karottenstückchen vorsichtig

ins Maul und kaute bedächtig. Von diesem Tag
an wurden das große braune Pferd und ich
Freunde. Wann immer ich konnte, besuchte ich
es auf der Koppel. Nun wusste ich, dass ich mein
Traumpferd gefunden hatte. Irgendwann, wenn
ich genug Geld hätte, würde ich es kaufen.
Allerdings kam alles anders.
Irgendwann wartete „mein Pferd" nicht mehr
auf der Koppel auf mich. Verzweifelt lief ich in
den Stall, um es zu suchen, doch auch dort war
von ihm keine Spur.
Als ich so durch den Stall lief, kam mir Peter
entgegen.
„Nicht im Stall laufen!", rief er mir ungehalten
zu.
Ich blickte ihn niedergeschlagen an. „ Wo ist
Romeo?"
Erleichtert erzählte der Reitlehrer: „Er ist nun
endlich verkauft worden. Ich hatte die Hoffnung
schon aufgegeben. Aber ein bekannter Trainer
hat ihn gekauft. Er meinte, er würde diesen

Teufel schon zähmen."
Für Peter schien es das Beste zu sein, was
passieren hatte können. Fröhlich pfeifend setzte
er seinen Weg der Stallgasse entlang fort.
Für mich brach eine Welt zusammen. Zuerst
stand ich wie versteinert da. Doch dann lief ich
los. Hinaus aus dem Stallgebäude, weg vom
Pferdehof. Als ich schließlich auf einen
Spazierweg kam und dort eine kleine Bank
erblickte, ließ ich mich nieder und begann
verzweifelt zu weinen.

„Ich hab immer geglaubt, Sarah bekam Romeo schon als Fohlen", meinte Carina. Das Mädchen und die beiden jungen Männer hatten sich in die Küche des geräumigen Hauses zurückgezogen. Dort saßen sie nun, jeder eine Tasse Kaffee vor sich und lasen sich abwechselnd aus Sarahs Heft vor. Alex kam es wie ein schlimmer Traum vor. Er nahm alles nur noch sehr unwirklich wahr. Sicherlich war das nur ein schlechter Scherz und seine Freundin würde bald wiederkommen.

Das Reiten machte mir keinen solchen Spaß
mehr wie früher. Dabei konnte ich gar nicht
erklären, warum meine Begeisterung
nachgelassen hatte. Natürlich vermisste ich
Romeo. Aber war das alleine der Grund? Ich war
nun gerade 14 Jahre alt geworden und wurde
zunehmend unzufrieden. Nichts in meinem
Leben schien zu passen. In mir gab es eine tiefe
Leere, die nichts und niemand auffüllen konnte.
In der Schule war ich mit wenig Begeisterung bei
der Sache, was aber nicht bedeutend war, da ich
die Schule spielend schaffte. Jeden Tag nach der
Schule ging ich nach Hause, aß alleine zu Mittag,
da meine Mutter und der Stiefvater berufstätig
waren und setzte mich dann vor den Fernseher.
Es kam selten vor, dass ich danach noch einmal
aus dem Haus ging. Es war nicht so, dass ich
keine Freunde gehabt hätte, aber ich war
einfach zu träge um am Nachmittag etwas zu

unternehmen. Spät abends oder am Morgen,
kurz bevor ich zur Schule ging, machte ich meine
Hausübungen. Stand ein Test bevor, dann
begann ich auch entweder einen Tag davor oder
noch am selben Tag zu lernen. Niemals gab es
dabei Probleme. Meine Eltern waren der Meinung
es wäre allein meine Sache, wie ich mit der Schule
umging. Schließlich lernte ich für mich selbst und
nicht für irgendjemand anderen. Ich fand die
Haltung meiner Eltern gut. Auch heute bin ich
dankbar dafür, dass sie sich nie eingemischt
haben. Ich kenne viele Eltern, die verzweifelt ihre
Kinder dazu bringen wollen, etwas zu lernen. Im
Grunde genommen sind wir selbst dafür
verantwortlich, was und wieviel wir lernen
wollen. Das gilt nicht nur für die Schule, sondern
für das ganze Leben. Meistens versuchen uns
zuerst die Eltern und dann unsere Freunde davor
zu bewahren, bestimmte Fehler zu machen.
Damit verhindern sie allerdings, dass wir die
wichtigsten Lektionen des Lebens lernen. Nur

was wir selbst erlebt haben, können wir richtig verstehen. Natürlich haben manche Fehler schwerwiegende Folgen, doch wird nicht immer jemand da sein, der uns erklärt, was richtig und was falsch ist. Später wurde mir immer gesagt, was ich machen soll und was nicht. Das ist einer der Gründe, warum ich gehen muss. Ich will wissen, wie weit ich gehen kann, inwieweit ich mich auf mich selbst verlassen kann und wozu ich fähig bin.

Nächstes Schuljahr sollte ich eine höhere Schule besuchen. Dann würde ich mit ganz anderen Leuten in die Klasse gehen. Davor graute mir bereits, da ich kein besonders kontaktfreudiger Mensch war. Meine Freunde aus der alten Klasse würden andere Schulen besuchen als ich. Darum fühlte ich mich bereits jetzt verlassen.

Am letzten Schultag verließ ich gemeinsam mit meiner besten Freundin das Schulgebäude.

Heute fiel uns der Schulweg leicht, da wir unsere schweren Rucksäcke nicht dabeihatten. Stolz

hielten wir unsere Zeugnisse in den Händen,
denn wir gehörten beide zu den Besten in der
Klasse. Meine Freundin war sogar die
Klassenbeste. Meine Noten waren auch gut.
Aber man merkte, dass ich mich nicht sonderlich
angestrengt hatte. In einigen Fächern hatte ich
eine Zwei, obwohl ich mit etwas Anstrengung
durchaus eine Eins hätte haben können. Aber
meine Einstellung war: Wenn ich mit wenig
Anstrengung eine gute Note haben konnte,
warum brauchte ich dann noch eine sehr gute?
Meine Eltern sahen das natürlich etwas anders.
Als meine Mutter am Abend von der Arbeit nach
Hause kam, forderte sie mich auf, ihr mein
Zeugnis zu zeigen. Sie runzelte die Stirn, als sie
meine Noten überflog. „Das wäre nicht besser
gegangen?", meinte sie schließlich. Ich sah sie
ungläubig an. Sie wusste doch, wie wenig mich die
Schule interessierte.
„Irgendwann", sagte sie „wirst du es nicht mehr
so leicht und spielend schaffen. Dann wirst du

gezwungen sein, dich hinzusetzen und in deine Bücher zu schauen. Andere haben nicht so eine rasche Auffassungsgabe wie du, aber manche von ihnen haben bessere Noten. Kannst du mir erklären, warum das so ist?"

Ich wollte etwas entgegnen, doch sie ließ mich nicht zu Wort kommen. „ Weil andere schon längst begriffen haben, dass man es ohne Fleiß nicht weit bringt. Dir fällt alles leicht. Du könntest noch besser sein, würdest du dich anstrengen. Im Herbst kommst du aufs Gymnasium. Ich glaube, dass du dich da wirklich anstrengen musst. Es wäre besser, wenn du jetzt im Sommer schon damit beginnen würdest dich darauf vorzubereiten."

„Also bitte!", entgegnete ich genervt, „ich habe im Sommer Besseres zu tun."

Die Mutter lachte verächtlich auf: „ Was denn? Herumsitzen und Fernsehen?"

Verärgert ging ich in mein Zimmer. Verärgert darum, weil ich wusste, dass sie Recht hatte.

In diesem Sommer tat ich wirklich nicht viel Bemerkenswertes. Wenn ich nicht gerade vor dem Fernseher herumlungerte, dann war ich mit meiner besten Freundin im Bad. Im Gegensatz zu mir hatte sie bereits jetzt schon genaue Vorstellungen davon, was sie studieren wollte. Ich wusste nur eines ganz sicher: Studieren wollte ich auf keinen Fall. Der Gedanke war schrecklich, noch einige Jahre irgendwo herumsitzen zu müssen und nichts Produktives zu tun.

Schließlich zog der Herbst ins Land, und ich musste wieder zur Schule. Die vielen neuen Mitschlüler betrachtete ich mit Argwohn. Es fiel mir nicht gerade leicht sofort neue Kontakte zu knüpfen. Vor allem dann, wenn mir die Menschen in meiner Umgebung oberflächlich vorkamen. Und das war hier der Fall. Ich verbrachte nun den Großteil des Tages mit Mädchen, denen es wichtig war, dass ihre Schuhe zur Handtasche passten. Damals fiel mir nicht auf, wie ignorant ich mich verhielt. Vielleicht hatten diese Mädchen auch andere Interessen oder Probleme, die man ihnen auf den ersten Blick nicht ansah. Ich stempelte sie als oberflächlich ab und nichts konnte mich vom Gegenteil überzeugen. Diese vorgefertigte Meinung behielt ich bis ich die Schule nach ein paar Jahren wieder verließ.

Die anderen in meiner Klasse redeten nur das Nötigste mit mir. Dies war mir nur recht. Ich war zur Außenseiterin geworden, doch dies machte mir absolut nichts aus. Meine Einsamkeit war selbst gewählt. Ich verbrachte die Pausen damit, dicke Bücher zu lesen. Ich unternahm Ausflüge in Fantasiewelten und war darum auch sehr oft nicht bei der Sache. In dieser Zeit begann ich auch selbst Geschichten zu schreiben. Wenn ich dabei war etwas zu schreiben, dann verließ ich gedanklich mein gewohntes Umfeld und tauchte in fantastische Welten ein, in denen es Einhörner, Feen und geflügelte Pferde gab. Dies ermöglichte es mir, die eintönigen Schultage zu überstehen. Den anderen in meiner Klasse war ich unheimlich. Ich isolierte mich selbst von ihnen und sprach kaum mit jemandem. Wenn ich aber etwas zu sagen hatte, dann brachte ich es kurz und bündig vor. Mein Wort hatte in der Klasse Gewicht und ich wurde auch öfter um meine Meinung gefragt. Allerdings nur dann, wenn es um schulische Belange ging. Aus Privatgesprächen wurde ich bewusst herausgehalten. Ansonsten nahm ich mir in diesem Jahr die Worte meiner Mutter zu Herzen und lernte. Es war zwar nicht besonders viel, was ich tat, aber für meine Verhältnisse war es eine große Steigerung. Und dann schaffte ich es zum ersten und auch zum letzten Mal, Klassenbeste zu werden. Als ich diesmal nach Hause kam, brach meine Mutter vor Stolz in Freudentränen aus.

Wieder war der Sommer angebrochen. Das erste Mal seit langem überkam mich die Sehnsucht *nach den Pferden. Im letzten Jahr war ich nur einmal im Reitverein gewesen. Das war beim Weihnachtsreiten. Die Reitschüler zeigten in verschiedenen Vorführungen ihr Können. Als ich danach einer Bekannten beim Absatteln ihres Pferdes half, trat Peter zu uns. Er fragte mich, wann ich denn wieder reiten würde. Ich antwortete ausweichend, dass ich sehr viel für die Schule zu tun hätte. In Wahrheit hatte ich mich, seit Romeo fort war, nicht mehr dazu aufraffen können, den Reitverein aufzusuchen. Es hatte vor allem damit zu tun, dass mir das, was dort geboten wurde, nicht mehr genügte. Peter war ein guter Reitlehrer und man konnte so einiges von ihm lernen. Aber das, was ich wollte, war, eine Freundschaft zu einem Pferd aufzubauen. Mich mit ihm zu beschäftigen, sein Vertrauen zu gewinnen. Im Reitverein kam der Umgang mit dem Pferd zu kurz. Man traf dort ein, erhielt sein gesatteltes und gezäumtes Pferd; die fortgeschrittenen Reiter durften ihre*

Pferde auch manchmal selbst satteln, dann
drehte man seine Runden in der Halle und
brachte sein Pferd schließlich wieder in den Stall
zurück. Mein Traum war es, irgendwann ein
eigenes Pferd ganz für mich allein zu haben. Mit
ihm wollte ich stundenlange Ausritte
unternehmen, ohne Sattel herumgaloppieren
oder einfach nur bei ihm sein.
An meinem ersten Ferientag kam mir der
Gedanke, dass ich mir einen Ferienjob mit
Pferden hätte suchen können. Allerdings wusste
ich, dass meine Mitschülerinnen bereits vor über
einem halben Jahr damit begonnen hatten,
Bewerbungen zu schreiben. Also würde mir in
diesem Sommer wieder nichts anderes übrig
bleiben als mir meine Zeit im Schwimmbad zu
vertreiben.

„Seltsam", meinte Alexander. So hab ich sie
nicht kennengelernt. Ich bin es gewohnt, dass
sie voll Tatendrang und Ideen steckt. Die Sarah,

die ich kenne, hält es keine fünf Minuten aus still zu sitzen. Und vor allem verbringt sie ihre Sommer nie im Schwimmbad." Carina sah ihn vorwurfsvoll an. Sie war gerade so in die Geschichte vertieft gewesen und störte sich nun an der Unterbrechung. „ Nun ja. Menschen ändern sich eben", sagte sie darum ungehalten.

Es kam aber anders als geplant. An einem heißen Sommernachmittag fuhr ich mit dem Fahrrad vom Schwimmbad nach Hause. Heute war fast niemand von meinen Freunden dort gewesen, darum war ich nun auch schon früher als sonst auf dem Heimweg. Ich fuhr gerade die Landstraße entlang, die eine Abkürzung zu mir nach Hause darstellte, aber allerdings durch sehr abgelegene Gebiete führte, als ich auf der Wiese vor mir etwas Weißes entdeckte. Das Gras war sehr hoch, also konnte ich nicht sofort erkennen, was es war. Weiße Ohren bewegten sich über dem Gras. Bei genauerem Hinsehen konnte ich auch noch kohlschwarze große Augen und weit geöffnete Nüstern erblicken. Ich hielt an und ließ das Rad vorsichtig ins Gras sinken. Dann bewegte ich mich langsam auf das Pferd zu. Der Schimmel sah keineswegs erschrocken aus. Viel mehr schien er sich zu freuen, endlich Gesellschaft zu haben. Gemächlich trottete er auf mich zu und ließ sich von mir streicheln. „Na wo kommst du denn her?", fragte ich das Tier, welches in meiner Kleidung nach Futter suchte. Ein großes, längst vergessenes Glücksgefühl überkam mich. Endlich wieder ein Pferd. Das musste Schicksal sein! Der Schimmel stupste mich vorwurfsvoll an. Er war kleiner als die Pferde, die ich aus dem Reitverein kannte, aber dennoch ein stattliches Pferdchen. Da das Tier ein Halfter trug, bekam ich es leicht zu fassen und konnte es mühelos aus der Wiese herausführen. Während das Pferd fröhlich neben mir her trottete, überlegte ich wem es wohl gehören konnte. Aus dem Reitverein konnte es nicht stammen, denn dieser war zu weit weg. Ansonsten kannte ich in dieser Gegend keine Pferdebesitzer. So marschierten das Pferd und ich einfach die Straße entlang. Mit nach Hause bringen konnte ich es auf keinen Fall, das war klar. Ich musste seinen Besitzer finden. Da es weder Sattel noch Zaumzeug trug, war es vermutlich alleine unterwegs. „Wo wohnst du denn?", fragte ich den Schimmel. Dieser sah mich nur munter an. „Du bist wirklich keine große Hilfe!", schimpfte ich ohne es ernst zu meinen. Ich genoss die Nähe dieses wunderschönen Tieres und es wäre mir am liebsten gewesen, wir hätten den Besitzer nie gefunden. Schließlich kamen wir zu einer Weggabelung. Ich wollte dem linken Weg folgen, da dieser zu mir nach Hause führte, doch das Pferd zog nach rechts. Irgendwann hatte ich gehört, dass Pferde immer den Weg nach Hause finden, also ließ ich ihm seinen Willen. Nachdem wir noch eine halbe Stunde gewandert waren,

tauchte vor uns ein Gehöft aus. Es schien sehr alt
zu sein, allerdings sah ich, als ich näher kam,
dass es sich gerade im Umbau befand. Ein
Wiehern erschreckte mich. Es schien von den
Bäumen hinter dem Wohnhaus zu kommen.
Mein Schimmel warf den Kopf auf und wieherte
zurück. Mir schmerzten die Ohren von diesem
Geräusch. Und plötzlich galoppierten einige
Pferde zwischen den Bäumen hervor. Es waren
Schimmel, Braune, Füchse und ein Rappe. Noch
nie zuvor hatte ich etwas Schöneres gesehen.
Die Pferde hielten an. Weißes Elektroband
hinderte sie daran, auf die Straße
hinauszulaufen. Ein kleiner, stämmiger Mann
kam auf uns zu. Er grinste übers ganze Gesicht.
„Fatimah, du Mistvieh!", rief er meinem Schimmel
zu. Aber auch er konnte der weißen Stute nicht
böse sein. Als er sie erreicht hatte, kraulte er
erleichtert ihre Stirn. „Hallo! Ich bin Heinz, mir
gehört das Gestüt hier. Ich wohne noch nicht so
lange in dieser Gegend. Ich bin erst vor ein paar

Wochen hergezogen. Und mit wem hab ich das Vergnügen?", Er schenkte mir ein breites Lächeln und streckte mir die Hand hin. Ebenfalls lächelnd schlug ich ein. „Mein Name ist Sarah", sagte ich.
„ Wo war denn das Luder diesmal?"
„Ich hab sie in der Nähe vom Freibad angetroffen", gab ich Auskunft.
Heinz schüttelte den Kopf. „ Ich weiß nicht, was ich mit ihr machen soll. Andauernd ist sie irgendwo unterwegs. Die meiste Zeit kommt sie von allein wieder. Heute ist es das erste Mal, dass sie in Begleitung zurückkommt."
Er führte mich auf seinem Hof umher und erklärte mir was er vorhatte, wo und wie genau er gedachte, noch etwas dazuzubauen, wo der Reitplatz hinkommen würde usw. Er züchtete arabische Vollblutpferde. Ich hatte zuvor zwar etwas darüber in Büchern gelesen, aber Fatimah war der erste richtige Vollblutaraber, den ich zu Gesicht bekam. Sofort war ich fasziniert von diesen edlen Geschöpfen, die so anders waren

als die Pferde in der Reitschule. Dort gab es nur alle Arten von Warmblutpferden; Hannoveraner, Trakehner, Holsteiner, ungarische Warmblüter usw. und ein paar Ponys für die kleineren Kinder. Heinz bot mir etwas zu trinken an, und erst jetzt merkte ich, wie durstig ich war. Wir setzten uns auf die Terrasse seines Hauses. Und während er weiter über seine Pferde schwärmte, leerte ich ganz alleine zwei Saftkrüge.

Allmählich wurde es kühler. Langsam wurde es Abend.

„ Eigentlich hatte ich vor, heute noch eine Runde zu reiten. Darum hab ich Fatimah auch vorhin in den Stall gestellt, aber Madame öffnet ohnehin jedes Schloss. Naja, ich werde jetzt dann noch einen kleinen Ausritt machen. Wenn du willst, kannst du mich begleiten."

„Ja, auf jeden Fall!", rief ich begeistert.

Eine halbe Stunde später ritten wir los. Heinz saß auf Fatimah und ich auf einer bereits älteren, ruhigen Fuchsstute. Das Leben könnte nicht schöner sein. Ich war überglücklich, endlich wieder auf einem Pferd zu sitzen. Als wir zurückkamen, war es bereits spät. Heinz erbot sich, mich mit dem Auto nach Hause zu fahren. Auf der Fahrt bot er mir noch an, dass ich jederzeit vorbeikommen könne, da er ohnehin jemanden brauche, der ihm bei den Pferden half. Als ich später überglücklich in meinem Bett lag, fiel mir ein, dass mein Rad noch auf der Wiese lag.

Dieser Sommer wurde zu einem der schönsten Sommer meines Lebens.
Als im Herbst die Schule wieder begann, ließ ich es mir trotzdem nicht nehmen, meine Freizeit weiterhin auf dem Gestüt zu verbringen. Meine schulischen Leistungen litten sehr darunter, da ich die Pferde nun an erste Stelle reihte. Meine Mutter war darüber nicht besonders glücklich, doch solange ich die Schule trotzdem schaffte, hielt sie sich zurück. Heinz war sehr froh darüber

jemanden zu haben, der ihm überall half. Ich
mistete Boxen aus, half Zäune aufzustellen und
bewegte die Pferde. Ich hatte viel Zeit, mich an
die Eigenheiten jedes einzelnen Pferdes zu
gewöhnen. So arbeitete ich schließlich mit jedem
von ihnen.
Und schließlich kam der nächste Sommer. Ich
freute mich darauf, wieder den ganzen Tag mit
den Pferden zu verbringen, wie im Vorjahr.
Fatimah, die freche Schimmelstute, war mein
Lieblingspferd geworden. Ich arbeitete so oft mit
ihr, dass sie ausgelastet war und gar nicht auf
die Idee kam wegzulaufen. Heinz unterstütze
mich, wo er konnte. Er versuchte sein Wissen
über Pferde und ihre Zucht an mich
weiterzugeben. Alles was mit Pferdeausbildung,
Pflege und dem Reiten zu tun hatte, nahm ich
begeistert auf. Heinz merkte bald, dass es keinen
Sinn hatte, mir etwas über die verschiedenen
Zuchtlinien des Vollblutarabers erklären zu
wollen. Ich hörte zwar zu, doch es ging mir dabei

immer wie in der Schule. Ich sah, dass sich sein
Mund bewegte, hörte aber nicht, was er sagte,
weil meine Gedanken ganz woanders waren. Ich
überlegte zum Beispiel, welche Strecke ich
diesmal für meinen Ausritt wählen sollte oder
wie ich meinen Dressursitz verbessern konnte.
Heinz gab es schließlich auf. Es war ja nicht so,
dass ich seinen Erklärungen absichtlich ignorant
gegenüberstand, aber irgendwie schien mein
Gehirn diese Informationen als nebensächlich
abzutun. Für mich zählte, dass der
Vollblutaraber, wenn man ihn richtig
behandelte, alles für seinen Reiter gab. So eine
Partnerschaft zu einem Pferd hatte ich mir
immer gewünscht. Von Tag zu Tag wuchs das
Vertrauen zu Fatimah, und umgekehrt war es
genauso. Auch waren diese zarten Pferde
vielseitig einsetzbar, es gab anscheinend nichts,
was der Araber nicht konnte. Mehr brauchte ich
nicht zu wissen, um diese Rasse zu lieben und zu
schätzen.

Als ich eines Nachmittags von einem weiten Ausritt zurückkam, rief mir jemand zu :„Gut, dass du da bist, du kannst mir gleich Rhi satteln! Es wäre gut, wenn er in zehn Minuten fertig wäre, ich muss mich nachher noch duschen und umziehen, um rechtzeitig in die Stadt zu kommen!"

Verwirrt sah ich mich um und sah einen Jungen, ungefähr in meinem Alter, an eine der Boxentüren gelehnt stehen. Er war groß und schlank, jedoch sehr muskulös. Sein Gesicht und seine Arme waren braungebrannt, seine Haare waren tiefschwarz, und er hatte dunkelbraune Augen, mit denen er mich jetzt frech ansah. Hätte ich mich nicht nur für Pferde interessiert, dann hätte er mir wohl gefallen. So aber maß ich ihm keinerlei Bedeutung zu. Da ich ihn hier noch nie gesehen hatte, ignorierte ich ihn einfach, brachte Fatimah in den Stall, wo ich sie in aller Ruhe absattelte. Als ich sie hinterher auf die Koppel brachte, blieb ich noch eine Weile stehen, um die Pferde zu beobachten. Hinter mir hörte ich Schritte. Ich drehte mich nicht um, weil ich gerade in den Anblick der Pferde vertieft war.

„ Sie hat mich einfach ignoriert! Du solltest sie rauswerfen!", hörte ich eine aufgebrachte Stimme. Das laute Lachen von Heinz dröhnte über den Hof.

„Sarah arbeitet nicht für mich! Sie ist freiwillig hier, weil sie Pferde liebt. Sie hatte vollkommen Recht, deine sinnlosen Anweisungen zu ignorieren. Du musst lernen, deine Aufgaben selbst zu erledigen und nicht immer zu versuchen sie auf andere abzuwälzen."

Schließlich drehte ich mich doch um und sah Heinz und den arroganten Jungen auf mich zukommen.

„ Sarah, ich muss dir meinen Neffen Markus vorstellen, da er es anscheinend selbst verabsäumt hat zu tun", sagte Heinz und warf seinem Neffen einen strengen Blick zu. Dieser sah uninteressiert zu Boden.

„ Er wird den ganzen Sommer über bei mir bleiben und mir dabei helfen, die jungen Pferde anzureiten. Ich hoffe ihr werdet euch gut verstehen. Ich muss mich noch einmal für sein Benehmen entschuldigen, er meint es nicht so!"

Carina warf einen Seitenblick auf Markus. Dieser lächelte ganz in Erinnerungen versunken.

Markus und ich konnten uns von Anfang an nicht leiden. Ich fand ihn arrogant, und er schien das Gleiche von mir zu denken. Er hing jeden Abend mit seinen Freunden und seiner Freundin, welche er jede Woche wechselte, in der Stadt herum. Ich hingegen kümmerte mich intensiv um die Pferde und verbrachte jede freie Minute mit ihnen.
Wir konnten wirklich nichts miteinander anfangen, darum ignorierten wir uns die meiste Zeit und richteten nur die nötigsten Worte aneinander. Heinz schien das Ganze ziemlich egal zu sein.

Später erzählte er mir einmal, dass er froh war,
dass ich mich nicht für seinen Neffen interessierte.
Er kannte ihn sehr gut und wusste, dass es
besser für mich war, mich von ihm fernzuhalten.
Markus erledigte nur die notwendigsten
Arbeiten. Im Stall tat er kaum einen Handgriff.
Was die Arbeit mit Pferden betraf, so konnte er
wirklich gut mit ihnen umgehen, was mich
überraschte. Heinz erzählte mir, dass seine
Schwester, Markus´ Mutter, zuhause einen
Reiterhof hatte. Ihr Mann war vor ein paar
Jahren gestorben und hatte sie mit ihren drei
Kindern alleine zurückgelassen. Markus hatte
noch einen älteren Bruder und eine ältere
Schwester. Der Bruder besaß bereits einen
eigenen Ausbildungsstall. Auch die Schwester
war eine sehr gute Reiterin und jedes
Wochenende auf Turnieren anzutreffen. Sie
würde später einmal den Hof der Mutter
übernehmen. Markus hatte zwar auch von klein
auf gelernt mit Pferden umzugehen, doch er

konnte am wenigsten damit anfangen. Seine
Mutter sagte, sie würde ihn unterstützen, wenn
er etwas finden würde, was ihn interessierte.
Allerdings schien es das nicht zu geben. Er wollte
weder beruflich etwas mit Pferden machen noch
sonst irgendetwas. Die Schule interessierte ihn
ebensowenig. Darum schickte die Mutter ihn
über die Sommerferien zu seinem Onkel, damit
er sich dort nützlich machte.

Mir war Markus ziemlich egal. Ich ärgerte mich
nur manchmal über ihn, wenn er wieder einmal
ein Pferd absattelte und das Sattelzeug an Ort
und Stelle liegen ließ.

Eines Tages allerdings ging er zu weit. Ich hatte
gerade Fatimah in die Box gebracht, weil ich
später ausreiten wollte. Markus war gerade
dabei, seiner aktuellen Freundin den Hof zu
zeigen. Die letzten Tage hatte es stark geregnet,
darum hatte ich mit dem Schimmel nicht ins
Gelände gehen können. Wenn die Stute
unausgelastet war, kam sie immer auf die

seltsamsten Ideen. Darum befürchtete ich, dass
sie wieder einen Ausflug unternehmen könnte.
Ich beschloss, sie in der Box anzuhängen
während ich Sattel- und Putzzeug holte.
Allerdings fand ich so schnell keinen Strick.
Normalerweise hing neben jeder Boxentür
mindestens ein Führstrick. Doch heute war dem
nicht so, wahrscheinlich hatte Markus die Stricke
wieder irgendwo liegen gelassen. So schloss ich
die Boxentür hinter mir, und als ich Markus mit
seiner Freundin heranschlendern sah, bat ich ihn
kurz auf Fatimah aufzupassen. Er brummte etwas
Unverständliches, das ich als Ja deutete.
Ich suchte also die Sattelkammer und den Hof
nach einem Führstrick ab. Schließlich wurde ich
fündig. Alle lagen zusammengerollt in einer
Kiste. Ich nahm gleich Sattel, Zaumzeug und die
Putzkiste mit, als ich zu Fatimah zurückging.
Vor Schreck fiel mir der Sattel aus der Hand.
Markus lehnte eng umschlungen und
herumknutschend mit seiner Freundin neben der

Box. Die Tür war weit offen und von der

Schimmelstute keine Spur. Wut stieg in mir hoch.

Normalerweise war ich ein sehr ruhiger Mensch.

Aber jetzt reichte es! „Du Idiot!", schrie ich „ Bist

du komplett wahnsinnig?"

Markus und das Mädchen fuhren erschrocken

auseinander. Er sah mich ärgerlich an. „ Was ist

denn los? Was machst du denn für einen

Aufstand?", wollte er ungehalten wissen.

Ich deutete auf die Boxentür und brüllte: „ Und

das nennst du aufpassen?"

Der Junge folgte meinem Blick und seine Augen

wurden groß. „ Wo ist denn die Stute hin? Mir ist

gar nicht aufgefallen, dass sie weg ist."

„Ja, das sehe ich", entgegnete ich kühl.

Wir suchten überall nach der Schimmelstute,

doch sie war wie vom Erdboden verschluckt.

Heinz suchte die Gegend sogar mit dem Auto ab,

doch Fatimah war nicht aufzufinden. Ich wurde

immer unruhiger und verzweifelter. Markus gab

sich betont gelassen, doch ich konnte ihm

ansehen, dass auch ihm das Verschwinden der
Stute naheging. Seit ich ihn kannte, war ich
noch nie so wütend auf ihn gewesen.

An diesem Tag weigerte ich mich nach Hause zu
gehen. Ich rief meine Mutter an, dass ich im Stall
übernachten würde. Ich war fest entschlossen
den Hof erst zu verlassen, wenn die Stute wieder
da war. Heinz versuchte mich vom Gegenteil zu
überzeugen: „Du kannst jetzt ohnehin nichts tun.
Ich fahr dich nach Hause und du legst dich hin.
Sonst bist du morgen viel zu fertig."

„Nein!", protestierte ich, „Ich bleibe. Zuhause
könnte ich nicht schlafen. Ich werde erst gehen,
wenn Fatimah wieder da ist. In der Zwischenzeit
werde ich die Sättel putzen."

Markus warf mir einen undefinierbaren Blick zu.
Schließlich setzte ich mich in die Sattelkammer
auf einen Putzkoffer und begann die Lederteile
mit Sattelseife zu reinigen.

Nach einer Weile kam Markus herein. Wortlos
setzte er sich neben mich und begann die Teile,

die ich bereits gereinigt hatte, einzufetten. So arbeiteten wir schweigend bis Mitternacht.

Plötzlich machte sich Unruhe unter den Pferden breit. Sie wieherten und liefen unruhig in ihren Boxen umher. Wir sprangen auf und stürzten in den Hof hinaus.

Gleich neben dem Gemüsegarten stand Fatimah mit hängendem Kopf. Sofort verlangsamten wir unser Tempo und gingen ruhig auf das Pferd zu. Es hörte uns kommen und wieherte leise. Schließlich bemerkte ich die Wunde an seinem rechten Hinterbein. Sie klaffte am Röhrbein, etwas über dem Fesselgelenk. Die Haut hing in Fetzen hinunter und Blut war überall. Erschrocken blieb ich stehen. Markus bewies mehr Geistesgegenwart und ging ruhig auf das Pferd zu. „Ruf den Tierarzt", sagte er zu mir. Ich lief wie betäubt ins Haus. Von dem Lärm, den ich machte, weckte ich Heinz auf. Der sah, wie blass ich war und wies mich an, mich aufs Sofa zu setzen. Erledigt ließ ich mich darauf

fallen, während Heinz den Tierarzt verständigte.
Dieser kam sofort, nähte die Wunde an Fatimahs
Bein und bandagierte dieses dann.

„Ihr hattet Glück", sagte er „ die Sehnen sind
Gott sei Dank nicht betroffen. Das Pferd braucht
jetzt mindestens drei Wochen Stallruhe."

Von diesem Tag an half Markus regelmäßig bei
den Pferden und nahm auch seine Aufgaben
ernster. Wir hatten uns nach wie vor nicht viel zu
sagen, doch nun respektierten wir einander.

Im selben Jahr im Herbst meldete ich mich im
Reitverein zur Lizenzprüfung an. Ein paar
Wochen zuvor begann ich wieder regelmäßige
Trainingsstunden bei Peter zu nehmen. Den
Reiterpass hatte ich damals im Reitverein
gemacht und die Reiternadel hatte ich im
Frühjahr mit Fatimah abgelegt. Diese war nach
ihrer Verletzung immer noch nicht wieder ganz
gesund, also hatte ich mich entschlossen, wieder
einmal beim Reitstall vorbeizuschauen.

Das Training verlief ganz gut. Ich ritt eine

dunkelbraune Hannoveranerstute. In der Dressur wurden wir immer besser und Peter war voll des Lobes. Schließlich ging es ans Springen. Springen hatte mir immer Spaß gemacht. Mit Fatimah war es immer wunderbar gewesen, weil wir uns gegenseitig so vertrauten. Wir waren über Baumstämme, Bäche, Strohballen aber auch über normale Stangenhindernisse gesprungen. Mit dieser braunen Stute war ich allerdings etwas unsicher. Sie galoppierte immer in hohem Tempo auf die Sprünge zu und setzte dann hoch und weit darüber hinweg.

Drei Tage vor der Prüfung übten wir gerade die zweifache Kombination. Die Stute war schon die ganze Zeit unruhig gewesen und kaum zu halten. So galoppierte ich also auf den ersten Oxer zu. Die Stute wehrte sich heftig gegen den Zügel. Schließlich hatte ich keine Kraft mehr. Sie wurde immer schneller und sprang ab. Hoch und viel zu weit ging es darüber hinweg. Ich versuchte sie noch zurückzunehmen, doch es war zu spät, sie *setzte bereits zum zweiten Sprung an. Um mich*

herum wurde es schwarz. Ich hörte nur noch ein

Krachen, als wir mitten im Hindernis landeten

und alles mitrissen.

Als ich mich dann am Boden des Springplatzes

wiederfand, sah ich, dass eine andere

Reitschülerin die benommene Stute am Zügel

hielt. Auch ich war zum Glück unverletzt. Doch

ab diesem Zeitpunkt hatte ich panische Angst

vor dem Springen. Und alles was höher als ein

halber Meter war, wurde als unüberwindbar

eingestuft. So beschloss ich also, nur die

Dressurlizenz abzulegen und das Springen ein -für

allemal zu vergessen.

Der Tag der Prüfung war der Tag, an dem ich

Romeo wiedersah. Eine junge Frau trat mit ihm

zur Prüfung an. Das Pferd tänzelte die ganze Zeit

unruhig herum. In der Dressur ging er schließlich

durch. Die Reiterin saß blass auf ihrem Pferd und

hatte keine Chance, das große Tier zu bändigen.

Im Springen war es etwas besser. Man sah, dass

es dem Wallach tatsächlich Spaß machte.

Ich ritt meine Dressur durch, allerdings nicht besonders konzentriert, da meine Gedanken bei Romeo waren. Geschafft hatte ich es schließlich trotzdem. Nach der Prüfung sah ich, wie die Frau Romeo absattelte. Er trat nervös von einem Bein aufs andere. Die Reiterin war enttäuscht über den Ausgang der Prüfung. Sie musste allerdings nur die Dressur wiederholen, das Springen hatte sie geschafft. Als Romeo dann erschrak, als ein Hund neben ihm kläffte, zog sie ihm die Gerte mit aller Kraft über die Ohren. Ich konnte es nicht fassen. Ich hatte zwar lange nicht mehr an den braunen Wallach gedacht, doch als ich ihn wiedergesehen hatte, wusste ich sofort, dass ich immer auf ihn gewartet hatte. Er war mein Pferd. So trat ich zu der Frau und begann ein Gespräch mit ihr. Sie erzählte mir, sie hätte das Pferd noch nicht lange. Zuvor habe es einem Springreiter gehört. Sie war verzweifelt, weil sie mit dem braunen Wallach nicht umgehen konnte und darum wollte sie ihn so schnell wie möglich loswerden.

Noch einmal wollte ich nicht erleben, wie der große Braune aus meinem Leben verschwand. Der Preis, den sie verlangte, war nicht sonderlich hoch. Immer schon legte ich mir Geld auf die Seite und hatte den Kaufpreis bereits zusammen. Ich weiß bis heute nicht, wie ich es fertigbrachte, meine Mutter zu überreden, mich bei den Einstellkosten für Romeo zu unterstützen. Seltsamerweise war es gar nicht so schwer sie zu überzeugen. Sie sagte, sie hätte damit gerechnet, dass bei mir einmal der Wunsch nach einem eigenen Pferd auftauchen würde. So kam es also, dass der braune Wallach bereits in der darauffolgenden Woche auf das Vollblutarabergestüt von Heinz übersiedelte. Den nächsten Sommer verbrachte ich wieder bei Heinz. Doch diesmal war alles anders. Ich besaß nun ein eigenes Pferd! Es war nicht irgendein Pferd, sondern Romeo. Kein anderes Pferd war

wie er, und das war auch gut so. Die erste Zeit
als Pferdebesitzerin war nicht gerade schön.
Romeos Verhalten Menschen gegenüber hatte
sich keineswegs gebessert. Zu mir schien er
Vertrauen gefasst zu haben, denn anscheinend
war er dankbar dafür, dass ich ihn mehr oder
weniger gerettet hatte. Mir war es möglich,
gefahrlos seine Box zu betreten. Allen anderen,
sogar Heinz, der ihm nie etwas getan hatte,
machte er das Leben schwer. Romeo war immer
noch das unfreundliche Pferd, das er schon als
Zweijähriger gewesen war.
Im Umgang mit ihm bereitete er mir wenig
Schwierigkeiten. Er ließ sich brav von mir
spazieren führen und auch longieren. Beim
Reiten allerdings gab es einige Schwierigkeiten.
Der große Braune war viel zu stark für mich.
Meine Ausritte, die sehr selten geworden waren,
absolvierten wir im Schritt. Auf der großen
Koppel hinter dem Haus wagte ich auch
manchmal einen kleinen Galopp. Dies geschah

aber auch nur darum, weil die Wiese von einer hohen Umzäunung begrenzt war. Meine Versuche, mit Romeo zu springen, misslangen kläglich. Da ich ja bereits schlechte Erfahrungen mit dem Springen hatte, fiel es mir nicht schwer darauf zu verzichten.

So verging die Zeit also. Und irgendwann kam der Tag, an dem Markus wieder auf dem Arabergestüt auftauchte. Ich war so damit Beschäftigt, mein zeitweise verrücktes Pferd zu bändigen, dass ich zunächst keine Notiz von seiner Anwesenheit nahm. Wäre ich nicht so gestresst gewesen, wäre mir wahrscheinlich aufgefallen, dass Markus mich nun sehr oft bei der Arbeit mit Romeo beobachtete.

Als ich eines Morgens in den Stall kam, sah ich, dass die Boxentüre meines Pferdes offen stand. Sofort lief ich los, um nachzusehen was geschehen war. Seit der Sache mit Fatimah im Sommer zuvor war ich noch vorsichtiger geworden. Außer Atem erreichte ich das

Stallgebäude, welches aus luftigen, geräumigen Außenboxen bestand. Mir lief ein kalter Schauer über den Rücken. In der Box lag Romeo und kaute zufrieden an einem Heubüschel, daneben lag Markus eng an das Pferd geschmiegt und schlief tief und fest. Ich konnte es nicht glauben! Mein verrücktes Pferd und der arrogante Neffe des Gestütsbesitzers, welcher sich nie ernsthaft für jemand anderen als sich selbst interessiert hatte, lagen hier einträchtig beieinander. Ich trat in die Box und gab meinem Pferdchen einen Kuss auf die Schnauze. Um Markus hingegen zu wecken, ging ich nicht sehr vorsichtig zu Werke. Ich schüttelte ihn unsanft bei der Schulter. Daraufhin sah er mich schlaftrunken an und meinte: „Schon Zeit zum Aufstehen?"

„Ja und ob!", giftete ich. Verwirrt sah mich der Junge an. Schließlich erhob er sich mühsam. „Wenn ich schon aufstehen muss, dann du auch Alter", bemerkte er Romeo gegenüber. Dieser schnaubte kurz und rappelte sich ebenfalls auf.

Verwirrt beobachtete ich, wie vertraut Markus mit dem Pferd, das viele für gemeingefährlich hielten, umging. „ Also das musst du mir jetzt erklären", war der einzige vernünftige Satz, den ich zustande brachte.

Markus lächelte versonnen. Er erzählte mir, er habe am Vortag heftig mit seinem Onkel gestritten und daraufhin einen Ort gebraucht, wo er sich hinflüchten konnte. „ Dein Pferd und ich sind gar nicht so verschieden ", schloss er. „Alle haben sich über uns schon ihre Meinung gebildet. Es interessiert keinen, wer wir wirklich sind, nur wie wir nach außen hin wirken. Wir haben beide schon so einiges durchgemacht, was dazu beigetragen hat, dass wir so geworden sind, wie wir sind. Niemand macht sich die Mühe, uns besser kennen zu lernen. Aber dein Pferd nimmt mich so an wie ich bin, mit allen meinen guten und schlechten Seiten, und ich verurteile es auch nicht für sein Verhalten."

Beeindruckt schwieg ich eine Weile. Außer mir

hatte bis jetzt noch niemand Zugang zu Romeo
gefunden. Und genau der Mensch, von dem ich
es am allerwenigsten erwartet hatte, verstand
sich blendend mit ihm. Zum ersten Mal kam mir
der Gedanke, dass Markus nicht so war, wie er
sich gab, dass sein Verhalten eigentlich nur
Selbstschutz war.
Zu meiner eigenen Überraschung sagte ich:
„Wenn du willst, kannst du mit Romeo arbeiten
so oft du willst." Mein Gegenüber bedachte mich
mit einem warmen Lächeln, welches ich bis jetzt
von ihm nicht kannte. „ Nein", gab er zurück.
„Ich möchte mit dir gemeinsam mit ihm
arbeiten!" So stimmte ich also zu, mir von
Markus bei der Arbeit mit Romeo helfen zu
lassen. In der Dressur machten wir auch schnell
Fortschritte. Markus war zwar ein sehr strenger,
aber auch sehr guter Lehrer. Er gestaltete seinen
Unterricht viel abwechslungsreicher und auch
sinnvoller als Peter in der Reitschule.
Und dann kam der Tag, an dem ich mit Romeo

zum ersten Mal wieder springen sollte!
Nachdenklich starrte ich auf das niedrige
Hindernis. Es war vielleicht einen halben Meter
hoch. Romeo hatte dafür nur einen verächtlichen
Blick übrig. Angst kroch in mir hoch. Egal wie
hoch es war, es war ein Sprung. Und jeder dieser
Sprünge stellte für mich ein unüberwindliches
Hindernis dar, darum hatte ich mich auch schon
vor einiger Zeit dem Dressursport verschrieben.
Markus war unterdessen damit beschäftigt,
noch einige Stangen auf dem Boden auszulegen.
Ich wusste, dass mein Pferd darauf brannte,
wieder springen zu dürfen.
Es war mir klar, dass wenn ich mich jetzt nicht
dazu überwinden würde, ich es nie tun würde.
„Nicht denken!", rief mir Markus zu. „ Einfach
reiten!"
Romeo setzte sich in Bewegung. Als erstes
absolvierten wir ein Aufwärmtraining. Kreuz und
quer trabten und galoppierten wir über die
Stangen. Markus stellte mir immer schwierigere

Aufgaben, sodass ich wirklich auf meine Angst vergaß und nun nur mehr darauf bedacht war, alles richtig zu machen. Dem strengen Blick meines Lehrers entging absolut nichts. Bald schwitzte ich vor Anstrengung. Mein Pferd trabte immer noch locker vor sich hin. Ich merkte, dass ihm diese Art der Beschäftigung mehr zusagte als das sture im Kreis laufen im Dressurviereck. Schließlich nahmen wir das kleine Kreuz. Es war kaum der Rede wert. Markus begann damit den Sprung zu erhöhen. 80 cm, 90 cm , 1,10m . Dies war die Höhe, vor der mir graute. Noch nie zuvor war ich höher gesprungen. Doch auch dies stellte für mein Pferd kein Problem dar. Allerdings konnte ich meine Unsicherheit nicht verbergen. Markus machte ein nachdenkliches Gesicht. Auf einmal schien er einen Entschluss zu fassen. „Bleib einmal stehen!", wies er mich an. Ich gehorchte und hielt mein Pferd an. „ Jetzt mach die Augen zu."

Ich sah ihn ungläubig an. „Wozu soll das gut

sein?"

„Warte einfach ab und mach die Augen zu."
Neugierig tat ich, was er von mir verlangte. Ich
konnte hören, wie er mit den Stangen
herumhantierte.

„Na gut! Jetzt kannst du sie aufmachen."
Ich blickte zu dem Hindernis und fiel beinahe vor
Schreck vom Pferd. Das Ding, das da stand, war
ein Steilsprung von mindestens 1,50m Höhe. Da
sollte ich drüber springen? Das konnte wohl nicht
sein Ernst sein.

„ Du bist lustig", sagte ich darum. Er ignorierte
meinen Kommentar: „ Reite einfach darauf zu
wie immer. Überlasse es Romeo. Er weiß was zu
tun ist."

Es war sein Ernst! Er wollte mich eindeutig über
dieses Ding, bei dem mir bereits vom Hinschauen
schlecht wurde, springen lassen. „ Na ? Was
ist?", forderte er mich auf. Ich schüttelte den
Kopf und offenbarte ihm verzweifelt: „ Ich habe
Angst."

Er kam auf mich und mein Pferd zu.
Nachdenklich streichelte er über Romeos
glänzenden Hals. „Du und Romeo", erklärte er
",ihr beide könnt alles schaffen. Ihr habt die
nötigen Fähigkeiten, um das locker zu
bewältigen. Dein Pferd vertraut dir, also bring
auch du ihm etwas Vertrauen entgegen. Es ist
zum Springen geboren! Und du willst es
eigentlich auch, doch du bist von Selbstzweifeln
geplagt. Du bist eine sehr gute Reiterin. Lass dir
von niemandem etwas anderes einreden. Und
jetzt wirf dein Herz übers Hindernis und dann
spring hinterher!"
Meine Augen waren auf den Pferdehals vor mir
gerichtet. „Okay", sagte ich leise. Sofort erschrak
ich. Doch nun war es schon zu spät. Ich hatte
Romeo bereits die Hilfen zum Antraben gegeben.
Dann setzte ich ihn in Galopp. Eigentlich wusste
ich gar nicht, was ich da machte. Meine Hilfen
erfolgten automatisch. Wir steuerten auf den
Sprung zu. „O mein Gott, ist das hoch!", dachte

ich noch, und dann waren wir auch schon

darüber hinweg. Es war das Großartigste, das

ich jemals erlebt hatte. Atemlos brachte ich mein

Pferd neben dem Menschen zu stehen, der es

geschafft hatte, mich dazu zu bringen, mich

selbst zu besiegen.

" Warte einen Moment, mach wieder die Augen

zu." Anscheinend war ihm dieser gewaltige

Sprung nicht einmal ein Wort des Lobes wert.

Wahrscheinlich, dachte ich ärgerlich, macht er

so etwas jeden Tag. " Mach die Augen zu",

drängte er.

Was hatte er vor? Wollte er etwa noch höher

bauen? Ich hatte gar keine Kraft mehr, um zu

protestieren.

Als ich dann hinsah, stand ein kleines

unscheinbares Hindernis vor mir. Romeo und ich

nahmen es problemlos und sicher. " Sehr gut!",

lobte Markus.

Als ich Romeo am langen Zügel abritt, erklärte er

mir: " Das waren jetzt die 1,10m, vor denen du so

Panik hattest." Ich konnte es nicht fassen!

Ich nahm meinem Pferd Sattel und Zaumzeug ab
und ließ es dann auf der Wiese laufen, wo es sich
sofort ins Gras fallen ließ und sich genüsslich
wälzte.

Markus trat neben mich und fragte leise: „ Ist
alles in Ordnung?"

Ich drehte mich zu ihm und sah in seine
fragenden braunen Augen. Da hielt ich es nicht
mehr länger aus und warf meine Arme um
seinen Hals. Er drückte mich fest an sich,
während ich heulte wie ein kleines Kind.

„Danke!", schluchzte ich.

„Schon gut."

„Woher wusstest du, dass Romeo das kann?
Oder hast du ihn davor schon einmal springen
gesehen?", wollte Carina wissen. Auch Alex
bedachte Markus nun mit einem neugierigen
Blick. Dieser grinste und meinte: „ Ich hatte
keine Ahnung, wie hoch das Pferd springen

konnte. Es war so eine Eingebung."

Alex kam aufgrund dieser Geschichte zum ersten Mal der Gedanke, dass er seine Sarah nicht wieder sehen würde. Sie hatte auch damals nicht gezögert, alles zu riskieren, um an ihre Grenzen zu gehen. Auch jetzt würde sie sich von nichts und niemandem aufhalten lassen. In diesem Moment wusste er mit großer Wahrscheinlichkeit, dass er sie verloren hatte.

Markus

Durch das Springen mit Romeo spürte ich eine noch nie gekannte Freiheit. Wenn wir über die Hindernisse flogen, schien die Zeit stillzustehen. Ganz langsam sah ich die Sprünge auf mich zukommen. Mein Pferd galoppierte locker und leicht darauf zu. Geschmeidig sprang es ab und segelte durch die Lüfte. Danach setzte es federleicht auf der anderen Seite wieder auf. Jedes Mal nach dem Springen glühten meine Wangen vor Begeisterung.

Mein Draht zu Romeo besserte sich zusehends. Auch mit Markus verstand ich mich immer besser. Nun freute ich mich sogar jeden Tag darauf ihn zu sehen. Je tiefer sich jedoch die Freundschaft zu Markus entwickelte, umso mehr geriet ich mit Heinz in Konflikt. Er war zunehmend schlecht gelaunt. Auch nörgelte er an meiner Arbeit herum. Wäre mir in der

Zwischenzeit nicht schon so viel an seinem
Neffen gelegen, hätte ich einen anderen Stall für
Romeo gesucht.

Manchmal wissen wir sehr schnell, dass wir
verliebt sind. Aber manchmal geschieht dies erst
allmählich. Wir entwickeln Sympathie für
jemanden, halten uns gerne in seiner Nähe auf,
lachen über seine Witze, fühlen uns einsam,
wenn er nicht da ist, und ganz plötzlich wird uns
klar, dass wir mehr für ihn empfinden als wir uns
eingestehen wollen. Mich traf diese Erkenntnis,
als ich eines Morgens den Stall ausmistete.

Ich war gerade dabei die letzte Box einzustreuen,
als ein Mädchen auf mich zukam. „Weißt du, wo
ich Markus finde?", fragte es mich. Verwirrt sah
ich auf. „Er ist hinten auf der Weide und
repariert den Zaun." Das Mädchen wandte sich
um, ohne mir zu danken oder ein weiteres Wort
von sich zu geben. Wahrscheinlich war das seine
neue Freundin. Ganz plötzlich überkam mich ein
Gefühl der Übelkeit. Ich war es gewohnt, dass

hier immer wieder Mädchen auftauchten. Doch in den letzten zwei Wochen, seit wir intensiv mit Romeo trainierten, hatte sich keine seiner Eroberungen auf dem Hof blicken lassen. Wir arbeiteten jeden Tag zusammen und waren gemeinsam mit Romeo zu einem unschlagbaren Team geworden. Die Veränderung, welche eine neue Freundin mit sich gebracht hätte, behagte mir überhaupt nicht. Allerdings musste ich auch feststellen, dass da noch mehr war, was mich störte. Eine quälende Unruhe breitete sich in mir aus. Verwirrt über meine Gefühle lief ich zur Koppel und fing mein Pferd ein. Nachdem ich Romeo kurz geputzt hatte, sattelte und zäumte ich ihn. Mein Bein zitterte, sodass ich beim Aufsitzen fast keinen Halt im Bügel fand. Der Braune begann unruhig zu trippeln, weil er meine Stimmung spürte.

Als ich dann mit weichen Knien nach den Zügeln angelte, warf er ungehalten den Kopf hoch. Langsam bewegte ich mich auf meinem unruhig tänzelnden Pferd vom Stall fort.

Ich wartete, bis wir an der hinteren Koppel
vorbei waren und uns auf einem breiten
Wiesenweg wiederfanden. Dann ließ ich Romeo
die Zügel lang. Er galoppierte an. Zuerst
langsam, doch ich trieb ihn vorwärts. Wie ein
Pfeil schoss er los. Meine Augen füllten sich mit
Tränen. Ich konnte nicht sagen, ob das nur am
Wind lag. Nachdem wir eine Weile
dahingaloppiert waren, reichte ein kurzer
Zügelzug, um mein Pferd zu verlangsamen.
Danach parierte ich es zum Trab durch. Es
schnaubte zufrieden. Während wir nun so am
Rande einer Wiese dahintrabten, wusste ich auf
einmal, dass ich verliebt war. Das erste Mal in
meinem Leben! Und diesmal nicht in ein Pferd!
Ob ich darüber glücklich oder traurig sein sollte,
war mir nicht ganz klar. Wie sollte ich von nun
an Markus gegenübertreten? Würde er es
bemerken, dass sich für mich etwas verändert
hatte? Sagen konnte ich es ihm auf keinen Fall.

Und dann gab es zu allem Überfluss noch das Mädchen.

Eine Weile ritt ich so durch die Gegend, als ich das Vibrieren meines Handys in der rechten Jackentasche spürte. Es vibrierte nur zweimal kurz, also hatte ich eine SMS erhalten.

Normalerweise interessierte es mich nicht, wer mir etwas schrieb, wenn ich am Pferd saß. Jetzt tat mir aber die Ablenkung ganz wohl. So nahm ich also die Zügel in eine Hand und suchte mit der anderen das Handy in meiner Tasche.

Es war gar nicht so einfach, es mit den Lederhandschuhen zu fassen zu bekommen. Ich blickte aufs Display und erschrak. Die Nachricht war von Markus!

„He, wo bist du? Der Onkel ist schon wieder am Durchdrehen, weil ich dich allein ausreiten hab lassen. Melde dich!"

Erst jetzt wurde mir bewusst, dass dies der erste richtige Ausritt mit Romeo war.

Diese Tatsache erfüllte mich mit solcher Freude,

dass ich unüberlegt zurückschrieb: " Bin mit Romeo im Wald. Komme bald zurück. Ich musste nachdenken und weiß jetzt, dass ich mich in dich verliebt hab!"

Und schon war es gesendet! Ein Schrecken durchfuhr mich! Hatte ich das wirklich verschickt? Das konnte doch nicht wahr sein. Kurz überlegte ich, ob ich überhaupt wieder zurückreiten sollte, oder lieber gleich mit Romeo das Weite suchen. Doch mein Pferd hatte bereits den Rückweg eingeschlagen. Im Schritt bewegten wir uns dem heimatlichen Stall zu. Manchmal dachte ich, ich müsse mich übergeben, doch dem war nicht so. Auf meine Nachricht kam keine Antwort.

Das konnte mehrere Gründe haben. Er war vielleicht so beschäftigt, dass er sie noch nicht gelesen hatte. Oder er wusste nicht, was er darauf sagen sollte. Am wahrscheinlichsten war, dass er mich gar nicht ernst nahm. Ja, so musste es sein. Bestimmt hielt er es für einen Scherz.

Erleichtert atmete ich auf. Nein, so einen Schwachsinn konnte er gar nicht für Ernst halten. Vielleicht war er sogar sauer, weil er sich um mich sorgte, ich mich aber nur über ihn lustig machte.

Als ich in den Hof ritt, stürmte Heinz auf mich zu. „Wo warst du?", rief er ungehalten. Ohne mich zur Antwort kommen zu lassen, keifte er weiter: „ Wir haben uns Sorgen gemacht! Was denkst du dir dabei, mit diesem verrückten Pferd alleine auszureiten. Außerdem haben wir am Hof genug Arbeit zu erledigen!"

In diesem Ton ging es weiter, bis ich Romeo abgesattelt hatte. Dann hatte er offenbar ausgeschimpft. Er drückte mir eine Plastiktasche mit Ring-Isolatoren in die Hand und wies mich an, Markus dabei zu helfen, diese Isolatoren in den Koppelzaun zu schrauben.

Mit gemischten Gefühlen trat ich meinen Weg auf die Weide hinaus an. Einerseits wollte ich Markus nicht begegnen, andererseits hatte ich keine Lust, auf dem Hof zu bleiben mit dem übellaunigen Heinz.

Markus war dabei, die letzten Isolatoren, die er neben sich liegen hatte, in die Zaunpfähle zu drehen. Es war höchste Zeit, dass ich den Nachschub brachte. Das Mädchen von vorhin war nirgends zu sehen. Wortlos machte ich mich nun ebenfalls daran, die Ring-Isolatoren einzudrehen.

Plötzlich stand Markus neben mir! Nach einem kurzen Blick in sein Gesicht wusste ich: Auch er war in Streitlaune.

„ Ich hab mir solche Sorgen gemacht!", begann er genauso wie Heinz.

„ Du bist einfach weg ohne etwas zu sagen! Außerdem ist mein Onkel total durchgedreht und hat mich für alles verantwortlich gemacht. Er sagt, ich habe einen schlechten Einfluss auf dich!" Das musste ich mir nicht gefallen lassen. Wenn die beiden Streit wollten, konnten sie ihn haben!

„ Ich weiß sehr wohl, was ich tue", gab ich
gereizt zurück.

„Wenn ich ausreiten will, kann ich das tun!
Romeo ist mein Pferd. Seit wann brauch ich denn
deine Erlaubnis dafür?"

„Es war gefährlich, was du getan hast! Auf jeden
Fall hatten wir hier genug Arbeit!"

„Ich bin nicht eure billige Arbeitskraft! Ich
verdiene mir hier die Einstellgebühr für mein
Pferd und arbeite, weil es mir Spaß macht. Aber
natürlich kann ich Romeo woanders
unterbringen, wenn ich hier unerwünscht bin!
Von dir und Heinz muss ich mir gar nichts
gefallen lassen!"

So brüllten wir uns gegenseitig an. Mit der Zeit
merkte ich, dass Markus ruhiger wurde.
Anscheinend hatte er sich ausgetobt.

„Weißt du, das war ja klar", fuhr er dann ruhig
fort. „ Es ist so typisch für euch Mädchen. Ihr
wollt alle die ganze Zeit Pferde streicheln und
seht die Arbeit nicht dahinter!"

Aufgrund dieser Aussage wurde ich erst richtig sauer.

„Weißt du was uns beide unterscheidet?", fragte ich ihn wütend. Er sah mich aus großen Augen verständnislos an. „Ich meine, im Umgang mit den Pferden", fügte ich erklärend hinzu. Markus grinste unverschämt und meinte dann: „ Nein, ich hab keine Ahnung, aber du sagst es mir sicher gleich."

Ich wusste, dass es ihm vollkommen gleichgültig war, was ich zu sagen hatte, doch, da ich bereits begonnen hatte, musste ich diese Unterhaltung auch zu Ende führen. Und plötzlich interessierte es mich überhaupt nicht mehr, ob er mir zuhörte; ich legte einfach los: „ Wenn du morgens in den Stall kommst, dann überlegst du nur, was du tun musst, um möglichst schnell mit der Arbeit fertig zu werden. Es ist für dich einfach etwas, das dazugehört. Etwas, das du jeden Morgen machen musst, ob es dir gefällt oder nicht. Die Pferde fragen nicht danach, ob du ausgeschlafen *bist oder ob du Lust hast ihren Stall*

auszumisten. Sie sind hungrig und wollen

gefüttert werden. Du machst deine Arbeit, weil

du sie machen musst." Ich bemerkte den

belustigten Blick meines Gegenübers zwar, doch

ich fuhr unbeeindruckt fort: „ Wenn ich morgens

die Pferde sehe, dann durchströmt mich ein

Glücksgefühl. Ich laufe jeden Tag schon vor dem

Frühstück in den Stall, weil ich es nicht erwarten

kann sie zu sehen. Wenn sie meine Schritte

hören, dann strecken sie schon ihre edlen Köpfe

aus den Boxen und wiehern mir zu. Es ist eine

Aufforderung. Sie wollen endlich aus dem Stall

gelassen werden, um ihre Beine zu strecken. Ich

öffne also die Boxentüren, und sie stürmen ins

Freie. Übermütig springen und galoppieren sie

umher. Schließlich halten sie inne, saugen kurz

die Luft durch ihre Nüstern ein, schmeißen sich

dann zu Boden, um sich zu wälzen, springen

wieder auf, schütteln sich und beginnen dann

friedlich zu grasen. In der Zwischenzeit säubere

ich ihren Stall, schütte duftendes Heu in ihre Futterkrippen und bringe ihnen frisches Wasser. Wenn die ganze Arbeit getan ist, gehe ich noch einmal zu jedem einzelnen Pferd und rede mit ihm. Ich liebe meine Pferde, und ich arbeite nur für sie. Ich stehe jeden Morgen um 6 Uhr auf, nur aus Liebe zu diesen wunderbaren Tieren!".

Als ich geendet hatte, lächelte Markus nachsichtig. „Du bist verrückt", stellte er sachlich fest. „Ich hätte mir denken können, dass du mich nicht verstehst", ärgerte ich mich.

„ Aber diese Verrücktheit stört mich nicht im Geringsten! Außerdem bist du süß, wenn du dich so aufregst!"

Ich wollte etwas entgegnen, doch in diesem Moment zog er mich an sich und küsste mich, wobei mir mein Protest im Hals steckenblieb. Zuerst wusste ich gar nicht, wie mir geschah. Noch verwirrender war, dass er, so als wäre nichts gewesen, sich danach gleich wieder dem Zaun zuwandte. Verstört blieb ich stehen wo ich war und starrte ihn an. Da drehte er sich noch einmal zu mir um und meinte grinsend: „Übrigens, was deine SMS betrifft, mir geht es genauso!".

Markus und ich verbrachten einen wunderbaren Sommer. Wenn es mittags sehr heiß war, legten wir uns gemeinsam unter einen Baum in den Schatten. Heinz sah es gar nicht gerne, wie sich die Dinge entwickelten. Ich wusste bereits jetzt, dass ich im nächsten Jahr nicht wieder kommen würde, da ich mich mit ihm so gut wie gar nicht mehr verstand.

Meine erste Liebe war bereits nach diesem Sommer vorbei. Danach veränderte sich vieles in meinem Leben, sodass nach einiger Zeit der Gedanke an Markus verblasste. Nach ihm kamen Andere und jedes Mal glaubte ich, auf die eine oder andere Art verliebt zu sein.

Manche Erinnerungen an die erste Liebe lassen sich leicht behalten, andere geraten sehr schnell in Vergessenheit. Es gelang mir sehr leicht zu

verdrängen, dass Markus mich aufgrund seiner
arroganten Art manchmal wirklich in den
Wahnsinn treiben konnte. Was zurückblieb
waren die schönen Momente, die, in denen wir
zur Abwechslung einer Meinung waren, oder in
denen wir zusammen lachten. Er war der Erste,
mit dem ich jemals geschlafen hatte, und das ist
definitiv eine Tatsache, die ewig in Erinnerung
bleibt.
Die Liebe zu ihm war etwas absolut Neues für
mich. Diese Gefühle trafen mich mit derartiger
Heftigkeit, dass ich zuerst gar nicht wusste, wie
mir geschah. Es war teilweise nicht einmal ein
gutes Gefühl. Im Grunde machten mir alle
Veränderungen Angst. Wenn in meinem Leben
etwas geschah, was nicht vorhersehbar war und
für mich absolut neu, dann wurde mir schlecht
und ich litt unter Bauchkrämpfen. Das war schon
immer so gewesen. Als ich einmal unter
besonders heftigen Bauchschmerzen litt und
daraufhin einen Arzt aufsuchte, erklärte mir

dieser, die Schmerzen wären rein psychischer
Natur. Das Zusammensein mit Markus verursachte
mir tatsächlich Bauchschmerzen. Was jedoch
langsam verblasste, war die Wirkung und
Faszination, die er auf mich ausübte. Den
ganzen Weg zum Stall über spürte ich, wie
Nervosität von mir Besitz ergriff. Wenn ich ihn
dann später sah wurde mir übel. Nicht auf eine
ekelerregende Art, sondern vielmehr wurden
meine Knie weich, ich zitterte und mir drehte sich
der Magen um.

Carina warf einen Blick auf Markus. Es war das erste Mal, dass sie ihn genauer betrachtete. Er sah nicht schlecht aus, das musste sie zugeben. Aber sie konnte sich nicht vorstellen, dass er eine derartige Ausstrahlung auf jemanden hatte, so wie Sarah es beschrieb. Einmal hatte sie ihr von Markus erzählt. Es war an einem Tag gewesen, an dem Sarah besonders traurig wirkte. Also hatte sie sie danach gefragt, was sie bedrückte. Gleich war sie nicht mit der Sprache herausgerückt. Sie hatte, so wie sie es immer tat, zuerst beteuert, es gehe ihr gut und es gäbe nichts, was sie traurig mache. Carina hatte damals aber nicht lockergelassen, und irgendwann hatte Sarah erzählt, dass es da den Einen gab, den sie, obwohl sie ihn seit Jahren nicht gesehen hatte, immer noch nicht vergessen könne. Sie wusste zwar, dass es mit ihnen beiden niemals gut gehen hätte können, doch sie vermisste ihn immer noch schrecklich. Carina war damals wirklich überrascht gewesen. Immer war sie der Meinung, ihre Freundin wäre glücklich mit Alexander. Doch dem war anscheinend nicht so. Aber vieles ist anders als es scheint. Sie wusste auch, dass Markus jemand war, auf den man sich nicht verlassen konnte und der Sarah sehr weh getan hatte. Genaueres hatte sie nicht darüber erfahren. Aber vielleicht gab das Heft mit Sarahs Schrift ja Auskunft.

Mit der Zeit hatte ich einiges über die Liebe gelernt. Lange Zeit fragte ich mich, ob es die große Liebe überhaupt gab und ob es möglich war, den richtigen Menschen zu finden, der zu einem passte. Liebe ist etwas Wunderbares. Sie kann alles möglich machen und setzt sich über alle Grenzen hinweg. Man kann sich nicht aussuchen, in wen man sich verliebt, es passiert ganz einfach.

Schließlich kam ich zur Erkenntnis, dass das eine mit dem anderen wenig zu tun hat. Manchen Menschen ist das große Glück beschieden, ihre große Liebe zu finden und mit dieser auch zusammenzupassen. Allerdings wird dieses Glück nur den wenigsten zuteil. Andere hingegen finden entweder jemanden, zu dem sie passen, den sie aber nicht lieben, oder aber sie treffen jemanden, den sie lieben, mit dem sie aber absolut nichts gemeinsam haben. Im Grunde sind die Menschen am zufriedensten, die einen

Partner haben, mit dem sie gut auskommen
ohne allzu große Gefühle für ihn zu hegen. Die
anderen, die lieben, werden leiden. Denn
meistens bringt Liebe Leid mit sich. Doch hat
man überhaupt gelebt, wenn man nie geliebt
hat?

Alexander

Wie gesagt änderte sich mein Leben nach diesem Sommer. Ich beendete die Schule, nachdem ich mehr schlecht als recht maturiert hatte. Danach fing ich in einem Reitstall eine Lehre als Pferdewirtin an. Romeo nahm ich mit mir. Es gab nun sehr viele neue Situationen zu meistern. Ich musste schlagartig auf eigenen Beinen stehen, da ich nach einem Streit mit meiner Mutter den Kontakt zu meinen Eltern und zu meinem Stiefvater fast abbrach. Darum nur fast, weil mein Vater mich manchmal besuchen kam. Meine Mutter war eine sehr dominante Frau, vor der sich mein Vater fürchtete, obwohl sie bereits sehr lange geschieden waren. Aus diesem Grund erfuhr sie auch nichts von seinen Besuchen.
Die Auseinandersetzung mit meiner Mutter tat mir sehr weh, darum fällt es mir auch sehr

schwer, jetzt darüber zu schreiben. Da mich aber
diese Erfahrung sehr geprägt hat, versuche ich
darüber zu berichten.

Seit ein paar Wochen waren Romeo und ich nun
schon umgezogen. Es hatte sich ergeben, dass
ich auf dem Reiterhof wohnen konnte. Zwar
verdiente ich nicht viel, doch Romeo und ich
wohnten kostenlos und zu alldem war es mir
auch möglich, dort mit der Familie mitzuessen.
Sehr gut verstand ich mich mit den Leuten dort
nicht, jedoch bereitete mir die Arbeit Freude.
Jeden Tag kümmerte ich mich um die Pferde.
Und nun durfte ich auch etwas, was mir
komplett neu war! Ich übernahm einen Teil der
Reitstunden. Ich musste zugeben, dass mir diese
Arbeit am meisten zusagte. Kinder im Umgang
mit dem Pferd vertraut zu machen, war eine
Aufgabe, die ich sehr zur Zufriedenheit meiner
Arbeitgeber ausführte. Am Hof wurde auch noch
eine Reitlehrerin beschäftigt, die mir weiter bei
der Ausbildung von Romeo half und bald darauf

bestritten wir unsere ersten kleinen Dressurturniere.

Meiner Mutter war es nicht besonders recht gewesen, dass ich nun etwas ganz anderes machen wollte, nachdem ich so lange eine Schule besucht hatte, die mich zu einem Studium hätte bringen sollen, das meine Mutter schon so lange für mich ins Auge gefasst hatte. Da sie allerdings nicht sehr viel dagegen machen konnte, musste sie es wohl oder übel akzeptieren. Ich arbeitete fleißig, sodass ich auch bald meiner Chefin auffiel. Am Anfang hatten wir uns nicht besonders gut verstanden, doch mit der Zeit entwickelte sich eine besondere Beziehung zwischen uns. Einmal sagte sie mir, sie wäre stolz auf mich. Das machte mich sehr glücklich, doch in diesem Moment wurde mir klar, dass ich so etwas viel lieber von meiner Mutter gehört hätte. Meine Chefin hieß Marina und war eine, wenn man sie erst einmal näher kannte, nette warmherzige Frau. Es kam sogar

vor, wenn wir zusammen unterwegs waren, dass
man uns für Mutter und Tochter hielt. Mit der
Zeit begann mir das zu gefallen. So eine Mutter
wünschte man sich einfach. Sie war immer da,
wenn ich sie brauchte, sie wusste, was ich
leistete und bewunderte mich für das was ich tat,
und sie hatte immer aufmunternde Worte für
mich übrig.

Nun ja, ich hatte also eine kleine Wohnung
neben den Stallgebäuden, und eines Abends rief
mich meine Mutter an, ob sie zusammen mit
Viktor vorbeikommen könne.

Wenig begeistert stimmte ich zu. Viktor, er war
der Mann meiner Mutter, konnte ich absolut
nicht ausstehen. Ich wusste genau, dass das auf
Gegenseitigkeit beruhte. Darum bedeutete es
nichts Gutes, wenn er mich besuchen wollte.

Ich war Einzelkind, und da mein Vater sehr viel
arbeitete als ich noch klein war, hatte ich seit
jeher eine starke Bindung zu meiner Mutter. Sie
verbrachte sehr viel Zeit mit mir und als Kind

liebte ich sie sehr. Als ich älter wurde, änderte
sich unser Verhältnis, da wir sehr häufig stritten.
Jedoch glaubte ich, dies wäre normal.
Als Kind schauen wir zu unseren Eltern auf,
bewundern sie, glauben alles was sie sagen und
sind davon überzeugt, dass alles, was sie tun
seine Richtigkeit hat. Dann, wenn wir älter
werden, erfahren wir plötzlich, dass unsere
Eltern auch nur Menschen sind und Fehler
machen. Schließlich kommt der Zeitpunkt, an
dem wir in einer Sache Recht haben und die
Eltern Unrecht. Manche Eltern wissen, dass es
nun soweit ist und ihr Kind erwachsen wird,
andere wollen das nicht einsehen und beharren
auf ihrem Standpunkt. Für sie ist ihr Kind immer
noch das Kleinkind, das sie immer wieder
aufheben mussten, nachdem es schon wieder
hingefallen war. Sie sind der Meinung, Kinder
hätten niemals Recht und wären respektlos,
wenn sie sich der Ansicht ihrer Eltern
widersetzten.

Meine Mutter gehörte zu dieser Kategorie
Eltern. Mein Vater hielt sich aus allem heraus,
darum änderte sich unsere Beziehung
zueinander auch über die Jahre nicht.
Für die Mutter zählte nur die Meinung derer, die
entweder gleich alt waren wie sie oder älter.
Ihren Mann, der einige Jahre älter war als sie,
vergötterte sie. Sehr bald hatte ich gemerkt,
dass ich, wenn er in der Nähe war, für sie nicht
mehr existierte. War ich sonst ihr kleiner
Liebling, wenn wir unter uns waren, so war ich
nur mehr das nervende, anstrengende Kind,
sobald er da war. Schon als kleines Kind verletzte
mich das Verhalten meiner Mutter sehr. Doch als
ich älter wurde, konnte ich Viktor aus dem Weg
gehen. Damit lebte ich deutlich besser. Die
Mutter jedoch fand dies inakzeptabel. Ihrer
Meinung nach sollte ich mich mit ihm aus dem
Grund vertragen, weil sie ihn liebte. Dies
war für mich allerdings kein sinnvoller
Beweggrund. Die Menschen, welche ich mochte,

die sollte ich mir gefälligst selbst aussuchen
dürfen. Ich zwang die Mutter ja auch nicht,
meine Freunde zu mögen. Viktor arbeitete
zeitlebens in einer Papierfabrik, und hatte dort bei
weitem keine einflussreiche Position inne. Das
kam nicht nur daher, weil er sehr faul war
sondern auch weil jede Veränderung in seinem
Leben einen anstrengenden Aufwand bedeutet
hätte. Für meine Mutter, die sehr gebildet war
und über einen sehr gutbezahlten, interessanten
Job verfügte, war er trotz allem der Maßstab
aller Dinge. Was Viktor gut fand, fand sie auch
gut. Sie mochte ihre Tochter, aber nur so lange,
bis Viktor zur Tür hereinspazierte und eben diese
Tochter für unfähig erklärte, wonach sie sich
sofort dessen Meinung anschloss.
Ich hingegen weigerte mich ihn zu bewundern.
Menschen, die meine Bewunderung verdienten,
waren solche, die etwas leisteten in ihrem Leben
oder geleistet hatten. Dabei spielte es keine
Rolle, ob sie nun 15 oder 95 Jahre alt waren.

Jemanden nur darum zu bewundern, weil er alt war, widerstrebte mir.

Alt zu sein ist keine Leistung, das wird man von selbst!

An diesem Abend also standen die beiden dann vor meiner Tür. Mutter gab mir einen heuchlerischen Kuss auf die Wange, Viktor brachte nur ein sehr kaltes „ Hallo!" zustande. Er verlangte, dass ich ihm etwas zu trinken servierte, was ich meiner Mutter zuliebe auch tat. Die beiden breiteten sich ungeniert in meiner kleinen Küche aus. Da ich nur zwei Stühle besaß, musste ich stehen. „Die Gläser lassen wir einfach stehen, die kann dann ruhig das Mädchen wegräumen, sie hat ja sowieso nie viel zu tun", bestimmte die Mutter, was mir sofort einen Stich ins Herz versetzte. „ Ja", pflichtete Viktor bei, „sie kann auch einmal etwas tun."

Wir unterhielten uns über dieses und jenes, während ich den Abschied von den beiden sehnlichst herbeiwünschte. Es wurde immer später. Obwohl ich am nächsten Tag früh aus dem Bett musste, um zu arbeiten, dachten Mutter und Begleitung nicht daran nach Hause zu gehen. Auf die Gefahr hin mit Viktor einen Streit anzuzetteln, wies ich sie dezent darauf hin, dass ihr baldiger Aufbruch erwünscht war.

„ Ja wir werden jetzt gehen, wenn wir hier nicht erwünscht sind", schnauzte er mich tatsächlich an. Mutter bedachte mich mit einem bösen Blick.

„ Du könntest auch einmal etwas nachdenken!", fuhr er ungehalten fort.

„Nachdenken, worüber denn?", fragte ich verwirrt.

„Darüber, wie du deine arme Mutter behandelst! Sie hat so viel Mühe und Geld in deine Ausbildung gesteckt und du dankst es ihr, indem du hier Pferdedreck schaufelst!"

Jetzt war es also heraus. Darum war er hier. Es ging einzig und allein darum, mir Vorhaltungen zu machen. Wahrscheinlich hatte Mutter ihm erzählt, wie sehr es sie störte, was ich machte.

Natürlich ließ er sich so eine wunderbare Gelegenheit mich fertigzumachen, nicht entgehen.

So etwas musste ich mir nicht bieten lassen, vor allem nicht in meiner Wohnung!

Da ich müde von der Arbeit war und meine Nerven ohnehin blank lagen, ließ ich mich zu einem Streit mit ihm hinreißen.

„Das geht dich wohl nichts an!", rief ich aufgebracht.

„ Deine Mutter geht mich sehr wohl etwas an. Besonders darum weil ich sie immer trösten muss, wenn du ihr schon wieder Kummer bereitest!"

„ Du kommst wirklich zu mir nach Hause nur um zu streiten? Weißt du was? Das muss ich mir nicht bieten lassen! Verschwinde aus meiner Wohnung."

„Also Sarah!", gab sich meine Mutter empört. Ich ignorierte sie. Rücksicht auf die Mutter hin oder her, ich war kein kleines Kind mehr, das sie *so behandeln konnten.*

„Hast du nicht gehört, was ich gesagt habe?",
herrschte ich Viktor an, der sich der
Wohnungstür immer noch nicht genähert hatte.
„ Du bist unreif!", brüllte er mich an.
„Von mir aus! Seit ich klein war, hast du mich,
wenn du da warst, geärgert und gequält. Jetzt
bin ich endlich alt genug, um dir zu sagen, dass
ich mit dir nichts mehr zu tun haben will!"
„Das ist eine Unverschämtheit! Ich werde dafür
sorgen, dass du bei deiner Mutter zu Hause
niemals wieder einen Fuß über die Türschwelle
setzt. Du bist dort nicht mehr willkommen!"
Leider wusste ich aus Erfahrung, wie schwach
meine Mutter war. Wenn Viktor das sagte, dann
war ich bei ihr zu Hause wirklich nicht mehr
willkommen.
Damit stürmte er endlich nach draußen. Die
Mutter blieb stehen, sie sah wie versteinert aus.
„ Warum hast du das denn gemacht?", fragte sie
mich dann vorwurfsvoll. „Viktor hat dir ja gar

nichts getan!"

" Ich kann ihn nicht leiden, und das weißt du auch!"

" Aber warum denn nicht? Er hat sich doch immer so gut um dich gekümmert!"

Ich weiß nicht, warum ich das tat, was ich dann tat. Langsam erzählte ich, wie sehr ich als Kind darunter gelitten hatte, dass sie immer zu Viktor hielt und nie etwas dagegen unternommen hatte, wenn er mich quälte. Als ich vier war, waren wir wandern. Meine Mutter, Viktor, eine Freundin meiner Mutter und ich. Wir wanderten auf eine Alm, die auch mit einem Lift erreicht werden konnte. Der Plan war, zu Fuß hinaufzuwandern und mit dem Lift wieder ins Tal zu fahren. Da ich aber noch sehr klein war, konnte ich bei weitem nicht so schnell gehen wie meine großen Begleiter. Meine Füße schmerzten mit der Zeit und außerdem knurrte mein Magen. Niemand nahm Rücksicht auf mich, also tat ich, was alle Kinder in dieser Situation tun würden: Ich

weinte. *So erklärte sich die Mutter schweren*
Herzens bereit, mit mir zurückzubleiben und in
meinem Tempo weiterzugehen. Als wir es dann
endlich auf die Alm geschafft hatten, waren wir
meinetwegen so langsam gewesen, dass wir die
letzte Fahrt des Lifts verpasst hatten. So blieb
uns nichts anderes übrig als ein Taxi zu rufen.
Die Alm war zum Glück auch durch eine Straße
zu erreichen. Das Taxi kostete natürlich auch
einiges an Geld. Diese Tatsache reichte für Viktor
aus, um mich wieder einmal fertigzumachen.
Ein kleines Kind von vier Jahren!
An diese Zeit habe ich sonst keine Erinnerungen
mehr. Also schloss ich daraus, dass mich dieses
Erlebnis so sehr getroffen hatte, weil ich mich
noch immer daran erinnerte, als sei es erst
gestern gewesen.
Das alles erzählte ich meiner Mutter. Ich dachte,
wenn ich ihr das alles sagte, dann würde sie zu
mir halten. Denn trotz unserer Streitereien war
sie meine Mutter und liebte mich so wie ich war.

Sie wusste selbst, dass Viktor zu weit gegangen war. Doch dann tat sie etwas, mit dem ich nicht gerechnet hatte, obwohl es absehbar gewesen wäre. Ich war immer noch fest davon überzeugt, dass meine Mutter zu mir stehen würde und ich liebte sie immer noch so sehr, dass mich das, was sie tat, noch mehr verletzte.

Einen Moment lang sah sie mich an. Ich konnte erkennen, wie sie mit sich selbst kämpfte. Einerseits wusste sie genau, dass Viktor sich nicht richtig verhalten hatte, und die Geschichte die ich erzählt hatte, berührte sie tatsächlich, jedoch andererseits wäre es das erste Mal, dass sie sich gegen ihren Mann auflehnen würde. Wie gesagt, war sie eine schwache Frau, die immer jemanden benötigte, der ihr sagte, was sie zu tun hatte.

„Ich finde du übertreibst", sagte sie dann „ du hast dich auch wirklich daneben benommen!"

In diesem Moment hörte sie auf meine Mutter zu sein. Dass sie nicht zu ihrem eigenen Kind stand,

traf mich so hart, dass ich zuerst gar nicht
wusste, wie mir geschah. Meine ganze Welt
brach für mich zusammen. Ich hatte sie trotz
allem geliebt und war davon überzeugt
gewesen, sie wäre für mich da, wenn ich sie
brauchte. Sie liebte mich, aber eine Mutter, die
ihr Kind nicht beschützt, ist für mich keine
Mutter.
Darum blieb sie für mich nur mehr
irgendjemand. Sie stand mir jetzt nicht mehr näher
als die Frau an der Supermarktkassa.
Ich sah wie Viktors roter Golf am Fenster
vorbeirollte.
„Bist du mit deinem eigenen Auto da?", fragte
ich kühl.
„ Nein", antwortete Mutter, die total aus ihrem
Konzept gebracht worden war.
„Dann solltest du dich beeilen. Sonst fährt Viktor
ohne dich weg."
Mit gebrochenem Herzen starrte ich ihr nach,
wie sie aus der Wohnung auf den Hof hinaus

eilte, um Viktor noch zu erwischen.

Als mich mein Vater einmal besuchte und mir Kekse mitbrachte, erzählte er mir, die Mutter wäre sauer auf mich. Darüber konnte ich nur traurig lächeln. Als ich am Tag danach mit Marina darüber gesprochen hatte, meinte sie, meine Mutter würde nachdenken und erkennen, welchen Fehler sie gemacht hatte. Ich sagte nichts darauf, weil ich genau wusste, dass dies nicht passieren würde. Mein Vater hatte mir dafür den Beweis geliefert. Ihm rechnete ich es hoch an, dass er trotz der Angst vor Mutter zu mir kam.

Was Viktor betraf, war ich froh darüber, ihm die Meinung gesagt zu haben. Wahrscheinlich wartete er auf eine Entschuldigung von mir. Darauf konnte er lange warten. Das Gute daran war, dass er sich nicht mehr in meiner Nähe aufhalten würde, bis ich mich entschuldigt hatte. Und da das nie geschehen würde, hatte ich ihn los. Was er über mich gesagt hatte, das traf mich überhaupt nicht. Es ist mir herzlichst egal, was Menschen, die mir ebenfalls egal sind, über mich sagen. Aber über das, was meine Mutter getan hatte, kam ich sehr lange nicht hinweg.

Marion fiel mir freudig um den Hals. Wir hatten uns schon lange nicht mehr gesehen. Wir hatten uns vor einigen Jahren in einem Reiterferienlager kennengelernt. Seitdem waren wir immer in Kontakt geblieben. Sie war jünger als ich und würde heute ihren 18. Geburtstag feiern. Als sie mich gebeten hatte, zu ihrer Feier zu kommen, hatte ich nicht lange gezögert und zugesagt. Da mir meine familiäre Situation immer noch zu schaffen machte, würde mir etwas Ablenkung nur gut tun. Sie feierte im riesigen Haus mit Garten, das ihren Eltern gehörte.

Ich gehörte zu den ersten Gästen, doch das Haus füllte sich sehr bald. Da ich niemanden außer Marion kannte, blieb ich vorerst immer in ihrer

Nähe. Nach einigen Bechern Malibu- Orange
entschied ich mich dafür, auf der Couch zu
sitzen. Da saß ich nun und beobachtete die
Menschen um mich herum. In alkoholisiertem
Zustand hatte ich mein Leben immer sehr klar
vor Augen. Da wusste ich plötzlich, welche
Probleme mich bedrückten oder wie ich mit
gewissen Situationen umgehen musste.
„ Ist dir langweilig?"
Langsam drehte ich meinen Kopf nach links in
die Richtung, aus der die freundliche Stimme
kam. Ich sah in blitzblaue Augen und musste
mich erstmals sammeln. „ Nein eigentlich nicht",
sagte ich zu dem jungen blonden Mann, der
mich interessiert musterte.
„ Nun ja, mir ist eigentlich schon langweilig",
erklärte er. „ Aber vielleicht kannst du mich ja
unterhalten."
Damit setzte er sich neben mich.
„ Ich bin Alex", stellte er sich vor.
„ Sarah", gab ich zurück.

So begann also unsere erste Unterhaltung. Es war wirklich sehr interessant mit ihm zu reden. Obwohl er nur wenig älter war als ich, waren seine Ansichten viel reifer als die anderer Leute in unserem Alter. Es tat gut, sich einmal über andere Dinge als über den letzten Vollrausch zu unterhalten. Schließlich erzählte ich ihm sogar, dass ich Gedichte schrieb und manchmal auch Geschichten. Das tat ich schon als ich klein war. Wenn irgendetwas geschah, das mich bewegte, so musste ich es aufschreiben.

„ Liest du gerne?", fragte ich ihn.

Er lachte. „Ja schon, allerdings meistens Fachbücher. Ein Roman muss mich schon wirklich fesseln, damit ich daran nicht die Begeisterung verliere."

„So geht es mir auch bei vielen Büchern", erklärte ich.

„ Ich lese gerne, wenn ein Buch eine spannende Handlung erzählt. Ein Buch ist dann gut, wenn ich es nicht mehr aus der Hand legen will. Wenn *ich mir vornehme, nur noch dieses eine Kapitel zu lesen, und dann werden doch fünf oder mehr daraus. Und wenn ich mitten in der Nacht aufwache, nur weil ich wissen will, wie es weiter geht.*

Mir kommt es gar nicht so sehr darauf an, wie die Sprache in dem Buch gehalten ist. Wenn der Autor nur einfache Worte benutzt, so fällt mir das gar nicht auf wenn, mich die Handlung fesselt. Was ich absolut nicht leiden kann, sind Beschreibungen. Ich hasse es, fünf Seiten lang zu lesen, wie ein Baum aussieht. Lesen soll doch die Fantasie anregen, und wenn dann doch jedes Detail beschrieben wird, so bleibt da kein Platz mehr für Eigeninterpretationen. Da könnte ich genauso gut den Fernseher einschalten."

Mir war gar nicht bewusst gewesen, wieviel ich geredet hatte. Erschrocken sah ich zu Alex hinüber, doch der lächelte mir aufmunternd zu. „Du bist ein sehr interessantes Mädchen", sagte er. Mir lief es dabei kalt über den Rücken. Alex

gefiel mir. Sehr sogar. Es war nicht sein
Aussehen, was mich so in seinen Bann schlug,
denn das würde ich eher als unauffällig
bezeichnet haben. Es waren viel mehr seine Art
und seine Denkweise, die mich ansprachen.
Konnte man sich so schnell in einen Menschen
verlieben? Ich dachte an das letzte Mal als ich
verliebt gewesen war. Obwohl ich erst vor ein
paar Monaten die Beziehung zu meinem letzten
Freund beendet hatte, tauchte Markus´ Gesicht
vor meinem geistigen Auge auf. Schon lange
hatte ich nicht mehr an ihn gedacht. Doch da der
Alkohol immer meine Wünsche aus dem
Unterbewussten zum Vorschein brachte, wusste
ich nun, dass ich ihn wirklich manchmal
vermisste.
Schnell schüttelte ich meine Gedanken ab.
Alex und ich taten an diesem Abend nichts
anderes als zu reden. Vielleicht blieb er mir
deshalb so gut in Erinnerung. In den nächsten
Tagen und Monaten ging er mir nicht mehr aus

dem Kopf.

Nun betrachtete Markus Alexander von der Seite. Sarah war eine sehr hübsche Frau. Wenn er sie auf einer Party kennengelernt hätte, dann hätte er sicher keinen Abend damit verbracht mit ihr nur zu reden! Aber vielleicht war ja auch das der Grund, warum sie sich für Alexander entschieden hatte.

Alexander hatte Marion um meine Nummer gebeten. Irgendwann rief er mich an. Daraufhin folgten stundenlange Telefonate. Wir wussten beide, dass wir jemanden kennengelernt hatten, der uns wirklich ansprach. So kamen wir also mit der Zeit zusammen. Die Faszination, die von ihm ausging, band mich vom ersten Moment an ihn. Wir verbrachten wunderschöne Stunden zusammen und irgendwann fiel mir plötzlich auf, dass ich ohne ihn nicht mehr leben konnte. Diese Abhängigkeit war schleichend gekommen. Am

Anfang führten wir eine Fernbeziehung und sahen uns darum nur ein- oder zweimal im Monat. Allmählich schlich Alex sich in meine Gedanken, bis ich letztendlich nur mehr von der Sehnsucht nach ihm gelenkt wurde. Obwohl unser erstes Treffen eher unspektakulär verlaufen war, war es unsere Beziehung auf keinen Fall. Nach jeder langen Trennung fielen wir übereinander her wie die Verrückten. So etwas hatte ich noch nie erlebt.

War er bei mir, so rückte alles andere in den Hintergrund. Ich wollte nur noch Zeit mit ihm verbringen. Für eine einzige Berührung von ihm sagte ich alle anderen Aktivitäten ab. Hinterher betrachtet, gab ich dabei immer mehr von mir selbst auf. Mit der Zeit wusste ich nicht mehr, wer ich war. Das einzige, was ich wusste, war, dass ich seine Freundin war. Immer mehr wurde diese Tatsache zu meinem Lebenssinn.

Meine Arbeit erledigte ich weiterhin pflichtbewusst, doch hatte ich keine Ziele mehr.

Mein Leben bestand nur aus Warten. Warten
darauf, dass mich der Mann, den ich liebte,
endlich wieder in seine Arme nahm.
Kein Mann hält es lange aus, wenn sich eine
Frau für ihn aufgibt. Alex fand es anfangs ganz
amüsant. Ich schmiss alle meine Pläne für ihn
um, wenn er spontan beschloss mich sehen zu
wollen; ich wartete jeden Tag sehnsuchtsvoll auf
seinen Anruf und ich verzieh ihm alles, wenn er
mir sagte, dass er mich liebte. Wir stritten uns
sehr häufig. Jeden Abend rief er mich an. Wenn
ich einmal keine Zeit hatte, war er sehr
ungehalten darüber; er allerdings erklärte mir
häufig, wenn ich ihn anrief, dass er nun keine
Zeit für mich habe. Jede dieser
Aussagen traf mich wie ein Schlag ins Gesicht. Er
war mein Ein und Alles, um es noch härter
auszudrücken: Er war mein Leben.
Sehr häufig kam es vor, dass sich unsere
Telefonate bis spät in die Nacht hinzogen. Immer
lief es nach dem gleichen Schema ab. Er rief an.

Ich freute mich darüber. Wir redeten über unseren Tag und über andere Banalitäten. Und dann sagte einer von uns etwas, mit dem der Andere absolut nicht klarkam. Schon ging es los. Wir begannen zu streiten. Zu jeder Beziehung gehören auch Diskussionen. Natürlich kann es nicht immer harmonisch laufen. Doch in Bezug auf unsere Streitigkeiten war ich immer die Unterlegene. Für ihn war es eine Art Spiel, mich bis zum Äußersten zu reizen. Er wusste genau, was er tun musste, um mich zu entwaffnen. Er warf mir Argumente an den Kopf, die zwar sehr oft unsinnig waren, doch entkräftete er meine eigenen Argumente mit anderen Unsinnigkeiten, auf die ich keine Antwort mehr wusste. Er gab mir das Gefühl, weniger wert zu sein als er. Genau damit sicherte er sich meine bedingungslose Abhängigkeit. Ich war der Meinung, nie wieder einen so wunderbaren, intelligenten Mann zu finden, weil ich dumm, hässlich und langweilig war. Mein größtes Glück

*war es gewesen ihn zu treffen. Darum musste
ich nun alles tun, um ihn bei mir zu behalten. Da
er mich mit Absicht an diesen Punkt gebracht
hatte, wusste er genau, dass er nie Angst haben
musste verlassen zu werden. Am Ende unserer
Telefonate weinte ich jedesmal vor
Enttäuschung. Enttäuschung aufgrund seines
Unverständnisses und meiner Unfähigkeit mich
durchzusetzen.*

*An eines dieser Telefonate kann ich mich noch
sehr gut erinnern. Ich war gerade bei einer
Freundin und wir sahen uns im Fernsehen unsere
damalige Lieblingsserie an. Alex hielt davon
nicht viel und meinte, so einen derartigen
Schwachsinn würden sich nur dumme Leute
ansehen. Da er wusste, dass ich keine Folge
verpasste, hielt er anscheinend auch mich für
dumm. Ausgesprochen hatte er es allerdings bis
zu diesem Zeitpunkt noch nicht.*

*Als wir dann so vor dem Fernseher saßen und es
gerade so richtig spannend wurde, ertönte*

„Have you ever loved a woman" von Brian
Adams. Dieser Klingelton erklang nur dann, wenn
mein Schatz anrief. Gefolgt vom ungläubigen
Blick meiner Freundin nahm ich mein Handy und
verließ den Raum. Jeder andere hätte warten
müssen, bis ich mit dem Fernsehen fertig war.
Erst dann hätte ich vielleicht zurückgerufen. Nur
für Alex ließ ich alles liegen und stehen. Es hätte
ja sein können, dass er später keine Zeit mehr
hatte.

„ Hallo, mein Schatz!", meldete er sich mit seiner
freundlichsten Stimme. Schon allein das war es
wert, um dafür alles andere in den Hintergrund
zu stellen.

Wir unterhielten uns lange über dieses und
jenes, bis Alex im Zusammenhang mit
irgendeinem Thema den Satz fallen ließ:
„Männer suchen sich immer Frauen, die weniger
intelligent sind als sie."

Noch betrachtete ich alles als Spaß. Ich lachte
auf. „Naja. Das liegt wahrscheinlich daran, weil

viele Männer selbst nicht besonders schlau sind.
Darum suchen sie sich eben eine Frau, die
bewundernd zu ihnen aufblickt. So etwas würde
eine Frau, die die vielen Unzulänglichkeiten ihres
Mannes kennt, wahrscheinlich nicht tun."

„ Das kann wohl sein", erklärte er, „ aber
Männer sind im Allgemeinen intelligenter als
Frauen."

„ Findest du mich also dümmer als dich?", fragte
ich nun.

Kurz wurde es still. „ Wenn du eine ehrlich
Antwort von mir haben willst: Ja, ich denke, du
bist viel dümmer als ich."

Nun musste ich schlucken. Das war nun eine sehr
harte Ansage. Als ich mich wieder gefangen
hatte, begannen wir wieder mit einem heftigen
Streit, der sich bis in die frühen Morgenstunden
hinzog. Als ich dann einschlief, waren meine
Augen gerötet vom vielen Weinen und ich fühlte
mich leer.

Am nächsten Tag sprach mich meine Freundin

Anna, bei der ich übernachtet hatte, auf den Streit mit meinem Freund an. Traurig erzählte ich ihr von dem Thema, welches den Streit ausgelöst hatte. Anna schüttelte ungläubig den Kopf. „ So etwas traut er sich dir zu sagen? Auch wenn es stimmen würde. Das sagt man einfach nicht. Wie kann er entscheiden, ob er intelligenter ist als du? Schon allein diese Aussage beweist, er ist es nicht! Weißt du was? Der ist nicht der Richtige für dich. Er macht dich pausenlos fertig."

Was sie sagte, hatte Hand und Fuß. Alex sprang mit mir um wie mit seinem lästigen Anhängsel. Er ließ keine Gelegenheit aus um mich zu demütigen. „ Aber ich liebe ihn doch!", unternahm ich einen schwachen Versuch, mein Verhalten zu rechtfertigen. Anna begriff sehr schnell die Sinnlosigkeit des Unterfangens, mir Alex auszureden. Er war mein Leben. Ohne ihn wusste ich nicht mehr, wer ich war. Ich war seine Freundin. Das allein war meine Lebensaufgabe, meine Bestimmung.

*Als wir uns längere Zeit nicht gesehen hatten,
sagte ich zu ihm während eines Telefonates:
„Ich vermisse dich so sehr." Darauf gab er
ungerührt zurück: „ Das interessiert mich
überhaupt nicht."*

*In dem Moment begriff ich zum ersten Mal
wirklich, dass etwas nicht in Ordnung war. Ich
schluckte meinen Ärger hinunter. Lange
überlegte ich, warum es in meiner Beziehung
nicht mehr so gut lief wie am Anfang. Da hatte
er mir andauernd versichert, er würde mich auch
vermissen und mir kleine Geschenke gemacht.
Soweit, um mir einzugestehen, dass ein Mann
seine Traumfrau beschenkt, jedoch nicht sein
Spielzeug, war ich nicht. So ersann ich eine
unreife List, um ihn zurückzugewinnen. Da er
wusste, ich würde ihn ohnehin nicht verlassen,
konnte er mit mir so umspringen. Seiner
Meinung nach begehrte mich kein anderer
Mann, und ich musste froh sein, mit jemandem*

wie ihm zusammen sein zu dürfen.

Als er das nächste Mal anrief, sagte ich ihm, ich hätte wenig Zeit.

„Warum denn? Ich dachte du wärst mit der Arbeit fertig.“

„Ja bin ich auch.“

„Was hast du denn dann noch vor?“

„Ich glaube nicht, dass dich das irgendetwas angeht.“

Schon wurde er misstrauisch, genauso wie ich es geplant hatte.

„Ich habe ein Recht darauf zu erfahren, was meine Freundin macht.“

„Ich treffe mich mit jemandem.“

„Mit einer Freundin?“, seine Stimme klang bedrohlich.

„Nein“

„Wer ist es dann? Kenne ich ihn?“

Mein Herz klopfte bis zum Hals als ich ihn weiter anlog. „Nein, du kennst ihn nicht. Es ist jemand, der hier am Hof ein Pferd eingestellt hat.“

Kurz wurde es still.

„ Wie lange kennst du ihn schon?"

„ Seit zwei Wochen ungefähr."

*Und dann ging es los, er brüllte mich an, so laut
er nur konnte: „ Was fällt dir ein, mich zwei
Wochen lang zu belügen? Und mir dann auch
noch scheinheilig zu sagen, dass du mich liebst?
Wofür hältst du mich denn?"*

*„ Es ist ja nur ein freundschaftliches Treffen",
entgegnete ich kleinlaut.*

*„ Das soll ich dir glauben? Weißt du was?
Werd´ glücklich mit dem Typen!"*

Es war an der Zeit, den Irrtum aufzuklären.

„ Das war alles ein Scherz", sagte ich darum.

„Wie bitte?"

*„ Ja, ich treffe mich mit niemandem, ich wollte
nur sehen, wie du reagierst."*

*„Die Geschichte wird ja immer besser! Jetzt kann
ich dir absolut nicht mehr vertrauen. Zwischen
uns ist es aus!"*

Zuerst konnte ich gar nicht glauben, was er da

sagte. Aber es war sein Ernst.

Kein noch so herzerweichendes Betteln brachte
ihn von seinem Entschluss ab.

Ich hätte mir eben vorher überlegen müssen,
was ich tat.

So war also mein Plan fatal danebengegangen.
Eigentlich hätte ich es als Chance sehen müssen,
um noch einmal neu anzufangen. Doch in der
nächsten Zeit war es für mich, als gäbe es auf
der Welt absolut nichts mehr, was mich
aufheitern könnte. Allein zu sein war für mich,
als fehle ein Teil von mir. Aufheiterungsversuche
meiner Freunde blieben erfolglos. Wie sollte ich
ohne ihn mit meinem Leben fertig werden?
Wenn ich etwas zugewartet hätte, hätte ich
vielleicht wieder damit begonnen, ein eigenes
Leben zu führen und mein Selbstbewusstsein
wieder aufzubauen. Doch es kam ganz anders.
Als ich es nicht mehr aushielt, rief ich ihn unter
irgendeinem Vorwand an. So begannen wir
wieder zu telefonieren. Drei Wochen später

waren wir wieder zusammen. Ich musste ihm
versprechen, so etwas nie wieder zu tun. Er
sagte, ich hätte sein Vertrauen gebrochen. Bis
sich das wieder aufbaue, würde es einige Zeit
dauern. Bald schon war alles wieder beim Alten
oder vielleicht sogar noch schlimmer.
In totaler Abhängigkeit von jemandem zu leben,
muss nicht unbedingt etwas Schlechtes
bedeuten. Man begibt sich freiwillig in seine
Hände. Er allein entscheidet, ob man glücklich
oder unglücklich ist. Dies schafft er durch seine
Gesten und seine Worte. Ein einfaches „Ich liebe
dich" kann für einen anderen Menschen die Welt
bedeuten. Die Beziehung zu Alex war mit der
eines Pferdes zu seinem Reiter vergleichbar.
Pferde sind Herdentiere. Werden sie alleine
gehalten, so leiden sie stumm vor sich hin, weil
sie ihren Kummer nicht laut herausschreien
können. Innerhalb einer Herde gibt es eine
strenge Rangordnung. Jedes Pferd muss sich
dem stärkeren, ranghöheren Tier unterordnen.

Wir Menschen können uns diese Tatsache im Umgang mit den Pferden zunutze machen. Wenn wir das Alphapferd ersetzen, so folgt uns das Pferd, mit dem wir arbeiten überallhin. Das unterlegene Tier ordnet sich freiwillig dem Stärkeren unter. Es weiß genau, dass es von diesem beschützt wird und es weiß, dass es das Beste ist. In unserem Fall war ich also das Pferd und Alex der Mensch. Pferde nehmen keinen Schaden, wenn sie sich dem Menschen unterordnen, vorausgesetzt, der ranghöhere Partner behandelt sie gerecht. Pferde gehorchen der natürlichen Ordnung. Für mich hingegen war es unnatürlich, mich freiwillig hintan zu reihen. Dennoch tat ich es. Mir erschien der Gedanke bequem, jemanden zu haben, der mir alle Entscheidungen abnahm. War er gutgelaunt, so war auch ich glücklich. Dann nahm er mich in die Arme, nannte mich seine Traumfrau, und ich war der Meinung noch nie solches Glück empfunden zu haben. War seine Laune allerdings schlecht, so ließ er sie ohne Skrupel an mir aus. Zuerst fällt es gar nicht auf, dass man sich nach und nach verändert hat. Für die besorgten Einwände der Freunde hat man nur ein verächtliches Kopfschütteln über. Aber irgendwann kommt der Punkt, an dem man sich selbst nicht mehr erkennt.

Als ich meine Lehre beendet hatte, zogen Alex und ich in eine kleine Wohnung. Ich glaubte wirklich glücklich zu sein. Immerhin war es mein Wunsch gewesen, ihn immer an meiner Seite zu haben. Am Abend neben ihm einzuschlafen und am Morgen wieder aufzuwachen, schien mir das höchste Glück zu sein. Er arbeitete den ganzen Tag im Büro, und ich erteilte halbtags Reitstunden im örtlichen Reitverein. Mein Verdienst reichte gerade um Romeos Einstellgebühr zu bezahlen. Darum vermietete ich mein geliebtes Pferd, um wenigstens für einen Teil der Wohnungsmiete aufkommen zu können. Warum ich nur halbtags arbeitete, lag daran, dass ich auch noch den Haushalt führte. Wenn Alex nach der Arbeit heimkam, so wünschte er sein Essen bereits auf dem Tisch. Ihm war es ohnehin nicht recht, dass ich arbeitete. Zeit, um meinen Romeo selbst zu bewegen, hatte ich fast nicht. So ein Leben hätte ich mir niemals vorstellen können. Doch nun gab es für mich nichts Schöneres, als meinem Freund alle Wünsche von den Augen abzulesen. Ich tat es zum einen aus Liebe zu ihm, zum anderen weil ich Angst hatte. Angst davor, er würde mich verlassen, wenn ich nicht alles zu seiner Zufriedenheit tat. Und ohne ihn konnte ich mir mein Leben absolut nicht vorstellen. Ich brauchte ihn genauso wie die Luft zum Atmen. Er brauchte mich nicht, das war mir klar. Für ihn war ich nur ein lustiger Zeitvertreib.

Das hätte es nun gewesen sein können. Mein Leben lag bereits vor mir. Wir würden heiraten und später ein Haus mit Garten, zwei Kinder und einen Hund haben. Darauf freute ich mich sogar.

Ich hasste die Eintönigkeit meines Alltags. Ein Kind, da war ich mir sicher, würde alles wieder spannend machen. Alexander zu heiraten war etwas, das ich mir schon lange wünschte. Manchmal abends gaben wir uns unseren Zukunftsträumen hin. Wir sprachen darüber, wo wir heiraten wollten und wer eingeladen werde. So geschah lange Zeit einfach nichts. Mir war zwar bewusst, dass mir etwas fehlte, doch noch konnte ich dieses Gefühl unterdrücken.

Der Traum vom eigenen Reitstall

Früher oder später geschehen aber Ereignisse, die nicht vorhersehbar sind und alles verändern. Sie drehen plötzlich alles um, und wir wissen nicht, wie uns geschieht. Wir leben in unserem Trott dahin und dann passiert etwas, das alles in eine andere Perspektive rückt. Zuerst ist ein Tag normal und langweilig, doch der darauffolgende bringt Geschehnisse mit sich, welche unsere Welt total auf den Kopf stellen.

Marion und ich schlenderten über den Turnierplatz. Wir erzählten uns die letzten Neuigkeiten von unseren gemeinsamen Freunden. Dabei lachten wir viel und laut. Heute war ich seit langem wieder in guter Stimmung. Ich fühlte mich frei. Erst morgen musste ich wieder nach Hause. Alexander war, als ich am

Morgen weggefahren war, bester Laune
gewesen. Er hatte mir einen Kuss gegeben und
mir viel Spaß gewünscht. Zwei schöne Tage mit
Marion hatte ich mir verdient. Abends wollte er
sich melden, um sicherzustellen, dass es mir gut
ging. In den letzten Wochen war unsere
Beziehung erstaunlich harmonisch verlaufen.
Schon lange planten Marion und ich, wieder
einmal ein paar Tage zusammen zu verbringen.
Dieses Wochenende hatte sich dafür sehr gut
angeboten. Ich war zu Marion gefahren, weil
Alex nicht leiden konnte, wenn meine Freunde
uns besuchten. Seine Freunde waren andauernd
da. Besonders der Dienstagabend war ihnen
gewidmet. Da besetzten sie stundenlang unsere
Küche, rauchten, dass der ganze Raum qualmte
und vernichteten unzählige Dosen Bier. Meine
Anwesenheit bei diesem Männerabend war
natürlich nicht erwünscht. Allerdings mied ich
die Küche an diesen Abenden freiwillig.
Den Samstagvormittag verbrachten Marion und ich

im Einkaufszentrum. Obwohl ich mir selten etwas kaufte, liebte ich es doch, durch die Geschäfte zu bummeln und mir vorzustellen, was ich mir alles kaufen würde, wenn ich viel Geld hätte. Am Nachmittag beschlossen wir dann zu einem Reitstall in der Nähe zu fahren, wo dieses Wochenende ein Springturnier stattfand. Marion kannte einige, die dort teilnahmen und ich fühlte mich in der Nähe von Pferden sowieso wohl. Der Nachmittag war sehr unterhaltsam. Wir verfolgten einige Bewerbe mit, dann kauften wir uns Zuckerwatte und spazierten über das Gelände. Schließlich lehnten wir uns an die Abgrenzung des Abreiteplatzes und sahen einigen Reitern beim Warmreiten ihrer Pferde zu. Ein großer Schimmel stach mir besonders ins Auge. Obwohl das Pferd sehr plump und schwerfällig wirkte, nahm es die Übungshindernisse mit erstaunlicher Leichtigkeit. Als das riesige Tier an uns vorbeigaloppierte, bebte der Boden. Erschrocken wich ich einen Schritt zurück. Beim Anblick derart großer Pferde wurde mir immer mulmig zumute.

Als ich so plötzlich zurücktrat, stieß ich mit dem Rücken an jemanden, der hinter mir stand. Schnell fuhr ich herum, um mich zu entschuldigen. Doch die Worte wollten nicht aus meinem Mund kommen. Dort stand ich sprachlos und sah in die Augen von jemandem, mit dem ich ganz bestimmt nicht gerechnet hatte. „Sarah?", brach er als erstes ungläubig das Schweigen. Ich konnte immer noch nichts sagen und sah wohl ziemlich dumm dabei aus. Doch da hatte mich Markus auch schon umarmt. Anscheinend freute er sich wirklich mich zu sehen. Da war auch Marion auf uns aufmerksam geworden. Verlegen stellte ich ihr Markus als guten Bekannten vor. Meine Freundin Marion war ein sehr feinfühliger Mensch. Sie erkannte sofort, dass da etwas mehr sein musste. Unter dem Vorwand, sich mit einer Bekannten über deren Pferd unterhalten zu wollen, entschuldigte sie sich und machte sich auf dem Weg zum Stall davon.

„Was machst du denn hier?", fragte ich, um etwas zu sagen. „Ich kümmere mich um die Pferde meines Bruders", gab er zurück. Dabei deutete er auf den Reiter auf dem Schimmel. „Ich arbeite jetzt für ihn."

„Ja, ich hab immer noch nicht viel in meinem Leben erreicht", fügte er auf meinen fragenden Blick hinzu. Ich schüttelte den Kopf: „ Das wollte ich doch gar nicht sagen. Ich finde es wunderbar, dass du mit Pferden arbeitest, das liegt dir eindeutig. Allerdings hatte ich gedacht, dass du mittlerweile selbst Turniere reitest."

Markus sah mich überrascht an." Nein, das ist nichts für mich. Ich bin dafür nicht ehrgeizig genug. Außerdem habe ich kein Pferd. Dein Romeo wäre der Einzige gewesen, mit dem mich so etwas gereizt hätte. Wie geht's ihm überhaupt? Arbeitest du noch so viel mit ihm?"

Ich musste zugeben, dass ich mich in letzter Zeit nicht sehr oft um mein Pferd gekümmert hatte.

„Ich muss jetzt zu den Pferden zurück. Was hältst du davon, wenn wir uns am Abend noch einmal treffen?" Zu meiner Überraschung hielt ich erstaunlich viel davon.

„Pferde waren immer mein Leben. Doch jetzt ist irgendwie alles anders. Es hat sich alles nicht so entwickelt, wie ich es wollte", erzählte ich. Nachdem ich an diesem Abend schon einiges getrunken hatte, wurde mir auf einmal klar, wie unzufrieden ich mit meinem Leben war. Markus und ich redeten über Pferde.

Ich wusste gar nicht, wie sehr mir eine Unterhaltung über meine Lieblingstiere gefehlt hatte. Während unseres Gespräches fielen mir meine früheren Träume wieder ein und ich wusste auf einmal, dass mein Leben so nicht weitergehen konnte.

Plötzlich kamen mir die Tränen. Mein geliebtes

Pferd, welches so sehr an mir hing, hatte ich bitter enttäuscht. Pferde sind gutmütige Tiere, sie lassen sich vieles gefallen. Markus legte seinen Arm um mich, und ich lehnte mich gegen seine Schulter. Und auf einmal war es wieder so, als wäre es wie früher, so als hätten wir uns nicht im Geringsten geändert. Es war wie damals, als wir im Sommer unter den schattenspendenden Bäumen gelegen und von unserem eigenen Gestüt mit Reitschule geträumt hatten. Wir hatten natürlich beide gewusst, dass unsere Wünsche nicht realisierbar waren. Doch es machte uns große Freude, uns die Stallungen vorzustellen, die Koppeln und die Außenanlagen.

Wir hatten uns ausgemalt, wie die ersten Fohlen aussehen würden und wie wir später mit unseren selbst gezogenen Pferden auf Turnieren starten würden.

Diese Freude am Leben und an der Zukunft wollte plötzlich wieder in mein Herz zurückkehren. Doch sie wurde von einer Mauer aus Angst zurückgehalten. Es war die Angst, Vertrautes aufgeben zu müssen und noch einmal neu zu beginnen. Ein Leben an Alexanders Seite war sicher, zwar nicht besonders glücklich, aber sicher. Träume verwirklichen zu wollen, bedeutete, sich auf sehr dünnes Eis zu wagen. Darum bleiben die meisten Menschen auch dabei nur zu träumen. Unsere Träume und tiefsten Wünsche halten uns am Leben. Wenn es etwas gibt, das wir irgendwann einmal im Leben verwirklichen wollen, so ist das der Grund, jeden Morgen aufzustehen und weiterzumachen. Doch aus einem Traum Wirklichkeit zu machen, ist ein sehr großer Schritt, mit dem viele nicht umgehen können. Sie wissen nicht, was passiert, wenn der Traum plötzlich zum echten Leben wird. Manche verlieren ihr Interesse daran oder merken, dass es nie das Richtige für sie war. Eine kleine Gruppe gibt es, die für die Verwirklichung ihrer Träume kämpft. Sie lebt dafür und kann am

Ende ihres Lebens sagen, sie hat alles getan, was
sie wollte, selbst dann, wenn sich der Wunsch
niemals erfüllt. Doch leider ist der größte Teil
der Menschheit nicht mutig genug um zu
kämpfen. Sicherheit steht allzuoft vor Glück.
Jeder, der auch nur einen Moment in seinem
Leben glücklich war, weiß, dass es sich lohnt zu
kämpfen. Doch sehr oft wird Glück mit
Zufriedenheit verwechselt. Ist man zufrieden mit
seinem Leben, hat man bereits vieles erreicht,
möchte man meinen. Das ist ein
gefährlicher Gedanke. Denn sobald man sich
zufrieden wähnt, bleibt man stehen. Man
entwickelt sich nicht mehr weiter. Wenn
man einmal damit aufgehört hat,
weiterkommen zu wollen, dann beginnt man mit
der Zeit einiges zu vermissen. Man merkt, dass
irgendetwas Wichtiges fehlt, doch hat man keine
Ahnung, was es ist. Und am Ende ist man
schließlich wieder unglücklich. Strebt man jedoch
danach glücklich zu sein, so kann man nie stehen

bleiben, denn das vollkommene Glück wird uns leider nicht allzuoft zuteil. Früher war ich immer der Meinung gewesen, glücklich machen uns nur die äußeren Umstände. Wenn alles im Leben wunderbar läuft, dann sollte man doch auch glücklich sein. Doch später bemerkte ich, dass Menschen, die alles hatten, manchmal dennoch nicht glücklich waren. Und dann gab es jene, in deren Leben nichts so geschah wie es sollte, und die jeder bedauerte, die allerdings trotzdem glaubhaft versicherten glücklich zu sein. Das Glück kommt also von innen. Wenn wir es zulassen, dass sich unser Herz mit Glück erfüllt, so kann uns nichts mehr erschüttern. Aber dazu sind anscheinend nur wenige fähig.

Was an diesem Abend noch geschah, kann ich nicht so genau sagen. Ich wusste nicht, was mich schließlich dazu bewog, Markus in die Pension, in der er wohnte, zu begleiten und mit ihm zu schlafen. Vielleicht war es das vertraute Gefühl,

das mich überkam, wenn er in meiner Nähe war,
oder die nie gekannte Freiheit oder aber auch
nur schlicht der Alkoholeinfluss. Feststand nur,
dass ich es getan hatte.

Später, als wir wieder halbwegs ausgenüchtert
nebeneinanderlagen, fragte er mich: „ Was
meinst du jetzt, wie geht es weiter?"

Lange Zeit sagte ich nichts. „Am besten wäre es,
wir tun so, als wäre das nie passiert."

„Warum das, war es denn so furchtbar?"

Ich musste lachen. „ Nein natürlich nicht! Es ist
nur so, dass sich mein Leben zur Zeit halbwegs
geregelt hat. Ich habe einen wunderbaren
Freund, den ich sehr liebe und den ich nicht
verlieren will."

Als ich später darüber nachdachte, wurde mir
klar, dass ich das nicht sagte, um Markus
abzuschrecken sondern wohl eher um mich
selbst zu überzeugen. In dem Moment wusste ich
nicht mehr, ob ich Alex wirklich liebte und ich
wirklich ein Leben mit ihm wollte. Doch war mir

bewusst, würde ich wieder nach Hause kommen,
so wäre alles wie immer. Und diese Nacht würde
mit der Zeit in Vergessenheit geraten.

So einfach, wie ich es mir vorstellte, war es
jedoch nicht. Wenn sich etwas bereits tief ins
Unterbewusstsein gegraben hat, so schafft man
kaum noch es loszuwerden. Alexander musste
wohl gemerkt haben, dass etwas anders war.
Bereits fünf Minuten nach meiner Ankunft zu
Hause fragte er: „ Was ist los mit dir?“

Überrascht sah ich ihn an. Während der
Heimfahrt hatte ich versucht meine Gedanken
an Markus zu unterdrücken, was mir allerdings
nur schwer gelang.

„ Was meinst du denn?“

„ Irgendetwas ist vorgefallen.“

Konnte er es wirklich wissen? Sah man mir an,
was geschehen war? Im nachhinein wurde mir
bewusst, dass es wohl meine ungewohnte
Lebensfreude war, die ihn stutzig gemacht
haben musste. Die mit Markus verbrachte Zeit

hatte mir so vieles wiedergegeben, was ich
bereits verloren glaubte.

„ Du siehst verändert aus", bemerkte er
mißtrauisch. Nachdem ich fast eine Stunde lang
beteuerte, es wäre nichts vorgefallen, hielt ich es
nicht mehr aus. Plötzlich strömten die Worte nur
so aus mir heraus. Ich erzählte ihm alles. Eine
seltsame Leichtigkeit überkam mich. Etwas zu
verheimlichen war mir immer schon schwer
gefallen. Alex sah mich mit einem Blick an, den
ich von ihm bisher nicht gekannt hatte. Danach
drehte er sich wortlos um und verließ die
Wohnung. Nicht ganz sicher, was ich nun denken
sollte, ließ ich mich auf die Couch fallen.
Anscheinend war es das nun gewesen. Ich hatte
etwas gemacht, was er mir nicht verzeihen
konnte. Dies war also das Ende unserer
Beziehung. Durchaus überrascht, wie gelassen
ich darauf reagierte, ging ich zum
Kleiderschrank, um meine Sachen zu packen.
Wenn etwas geschieht, wovor wir uns immer

gefürchtet haben, dann wird uns dadurch, dass
nun das Unabwendbare tatsächlich eingetroffen
ist, die Angst davor genommen. Auch das war
eine Form der Freiheit. Noch vermisste ich Alex
nicht. Jetzt hätte ich Markus anrufen können und
ihm sagen, dass ich ihn gerne wiedersehen
würde und dass ich einer Beziehung mit ihm
nicht abgeneigt wäre. So unkompliziert war es
aber nicht. Markus hatte sich kaum verändert.
Wahrscheinlich war er immer noch so
verantwortungslos wie früher. Eine Beziehung
mit ihm würde nicht gut gehen. In dem Sommer,
als wir zusammen waren, konnte ich mich nur
darum bedingungslos in ihn verlieben, weil ich
wusste, dass es aussichtslos war. Für uns beide
gab es keine Zukunft. Genau darauf basierte
meine Liebe zu ihm. Darauf, den Augenblick
auszukosten und nicht zu erwarten, dass es ein
nächstes Mal geben würde.
Als der anfängliche Schock überwunden war,
begriff ich, dass ich nun alleine war. Nun stand

mir niemand mehr zur Seite. Was mich früher erschreckt hatte, war jetzt ein aufregendes, neues Gefühl.

Da es bereits spät abends war, beschloss ich, in der Wohnung zu übernachten und erst am Morgen wegzugehen. Bis dahin konnte ich mir wohl noch überlegen, wohin ich wollte.

An diesem Abend schlief ich friedlich ein.

Doch am nächsten Morgen war ich erfüllt von einer düsteren Vorahnung. Alex war weg. Unsere Beziehung war vorbei. Diese Tatsache machte mich unendlich traurig. Schon spürte ich, wie sich die erste Träne einen Weg über meine Wange bahnte. Rasch zog ich mich an, sammelte meine Taschen ein und wollte schließlich die Wohnung verlassen. Plötzlich hörte ich, wie der Schlüssel an der Wohnungstür umgedreht wurde. Die Tür öffnete sich. Erschrocken zuckte ich zusammen. Natürlich hätte ich mit Alexs Rückkehr rechnen müssen. Vielleicht hatte ich ja gerade darauf gewartet. So standen wir uns also *gegenüber. Krampfhaft hielt ich den Henkel meiner Reisetasche umklammert. Langsam trat er auf mich zu. Meine Tränen drückten jetzt noch heftiger nach draußen. Schon verschwamm seine Gestalt vor meinen Augen. Würde er mich jetzt anschreien? Mich sofort aus der Wohnung werfen? Ich machte einen Schritt in seine Richtung. Vielleicht würde es mir gelingen, an ihm vorbeizugelangen und die Wohnung ohne weitere Streitereien verlassen zu können. Und dann lag ich in seinen Armen. Er riss mich an sich, so dass ich nach Luft schnappte. Als wir uns voneinander lösten, sah er mir in die Augen. Er blickte mich mit unheimlicher Ruhe an. „Mach so etwas niemals wieder!" Seine Stimme klang gefährlich leise. Ich schüttelte schluchzend den Kopf. „Nein ganz bestimmt nicht. Es soll alles so sein, wie du es willst." Daraufhin nahm er mich noch einmal, jedoch sehr viel sanfter in den Arm.*

Das Schicksal hatte sich zu Alexs Gunsten entschieden. Es hätte gar nichts Besseres geschehen können. Natürlich war es ärgerlich, wenn sich seine Freundin zu einem anderen flüchtete. Doch war er immer schon jemand gewesen, der, wenn der erste Ärger einmal verschwunden war, weiterdachte als es andere in seiner Situation getan hätten. Er war Meister darin, alles zu seinem Vorteil zu nutzen. Endlich war ich dort, wo er mich immer schon hatte hinhaben wollen. Nun musste er mir keine Schuldgefühle mehr einreden, da ich mit solchen zu kämpfen hatte, aufgrund dessen, weil ich diesmal wirklich einen schweren Fehler gemacht hatte. Nun war er das Opfer, und ich war diejenige, die ihn auf schlimmste Weise hintergangen und verletzt hatte. Dagegen konnte ich nichts vorbringen, da es die Wahrheit war. Mein Verhalten war keineswegs angemessen gewesen. Ich wusste, dass ich in der nächsten Zeit sehr würde leiden müssen. Doch ich nahm dieses Leid in Kauf, weil es ja verdient war. Es war sein Recht, mich schlecht zu behandeln. Er war derjenige der mir mein Fehlverhalten großmütig verzieh und mich immer noch in seiner Nähe duldete. Ich konnte mich glücklich schätzen, mit einem so toleranten Menschen zusammen zu leben. Die nächste Zeit war wirklich sehr hart für uns beide. Nun blieb mir kaum noch Freiraum. Mein Freund musste nun immer genau wissen, wo ich war. Ich hatte mich am Morgen vor der Arbeit, dann zu Mittag und wenn er spät nach Hause kam, dann auch abends, bei ihm zu melden. Er kontrollierte mein gesamtes Leben. Verspätete ich mich einmal, so wollte er jedes einzelne Detail meiner Abwesenheit wissen. Er fragte danach, wo ich gewesen war, mit wem und wie lange. Dies brachte mich fast zur Verzweiflung. Ich weinte jedoch nur dann, wenn er nicht in meiner Nähe war. Sein Vertrauen zu mir war zerstört worden, darum war sein Verhalten mir gegenüber die

gerechte Strafe. Noch heute frage ich mich,
warum ich dieses manipulative Spiel mitspielte.
Damals hätten wir einsehen müssen, dass unsere
Beziehung bei weitem nicht so perfekt war, wie
wir es vor unseren Bekannten vorgaben. Vorerst
kümmerten ihn nur sein verletzter Stolz und die
Fassungslosigkeit, mit der er diesen Ereignissen
gegenüberstand. Er hatte geglaubt, alles im Griff
zu haben. Er glaubte, mich so eingeschüchtert zu
haben, dass ich nichts tun würde, um ihn zu
verärgern, weil ich ihn nicht verlieren wollte.
Mich zu verlassen, war nun zu einem neuen
Druckmittel geworden. Obwohl ich immer
befürchtet hatte, er würde mich verlassen, wenn
nicht alles nach seinen Wünschen lief, so hatte er
es nie direkt ausgesprochen. Jetzt jedoch wurde
die Aussage: „Wenn du noch einmal einen Fehler
machst, dann kannst du von hier verschwinden",
zu einer ständigen Drohung. „Das, was da mit
dem Einen passiert ist..", wie Alex es nannte, war
ein Streben nach Freiheit gewesen. Ich hatte

gefühlt, dass ich durchaus noch einen eigenen Willen besaß und dass es das Mädchen, welches ich früher gewesen war, durchaus noch immer gab. Diese Entwicklung war etwas, das meinem Freund große Sorgen bereitete. Darum war es ihm nur allzu recht, wenn meine Schuldgefühle für ihn arbeiteten.

Eine Weile funktionierte es auch so wie er sich das vorstellte. Brav meldete ich mich dreimal am Tag bei ihm, spielte die gehorsame Freundin und versuchte noch stärker als zuvor ihm alles recht zu machen. Doch dann erhielt ich einen Anruf.

Ich war gerade dabei, Spaghetti zu kochen, als mein Handy läutete. Es war eine mir unbekannte Nummer. Da Alex bald nach Hause kommen würde und darum das Essen gleich fertig sein musste, meldete ich mich ungehalten: „Ja? Was ist?"

„Hey Mädel, wie geht's dir?"

Als ich Markus Stimme erkannte, wurde mir übel. Erschrocken fiel mir der Kochlöffel, mit dem

ich gerade dabeigewesen war, die Sauce
umzurühren, aus der Hand.
„Wie wär's , wenn wir uns in nächster Zeit einmal
treffen würden? Seit unserer letzten Begegnung
gehst du mir nicht mehr aus dem Kopf!"

Mich öfter mit Markus zu treffen, war nicht so
schwierig, wie anfangs gedacht. Es bedurfte
lediglich einer geschickten Koordination meiner
täglichen Pflichten im Haushalt und findigen
Lügens. Damit hatte ich meine größten
Probleme. Seit jeher war ich ein ehrlicher
Mensch. Die kleinste Lüge brachte mich aus dem
Gleichgewicht. Es dauerte ohnehin nie lange, bis
die Wahrheit ans Licht kam. Doch diesmal war es
anders. Meine Treffen mit Markus waren rein
freundschaftlicher Natur. Wir genossen
gegenseitig das Zusammensein mit einem
Menschen, der uns so nahm wie wir waren und
in dessen Gegenwart wir uns wohl fühlten.
Alexander würde das bestimmt nicht verstanden

und schon gar nicht gutgeheißen haben. Da ich aber fest entschlossen war, es mit Markus nicht mehr so weit kommen zu lassen wie es schon einmal gewesen war so war mir an meinem Tun nichts Schlimmes bewusst. Das einzige Verwerfliche war natürlich Alex dafür anlügen zu müssen. In seiner Gegenwart hatte ich mich an mein stummes Leiden gewöhnt. So war es erfrischend, mit Markus zusammen zu lachen und wieder ich selbst sein zu dürfen. Er akzeptierte meine Entscheidung mir bei unseren Treffen nicht zu nahezukommen. Obwohl er es nicht verstand, warum ich immer noch an meinem tyrannischen Freund festhielt, versuchte er mich nie vom Gegenteil zu überzeugen. Es war so wie es war. Um mit mir zusammensein zu können, nahm er eben auch in Kauf, mich nicht berühren zu dürfen. Immer öfter musste ich mir aber eingestehen, wie sehr ich mir wünschte, von ihm in die Arme genommen zu werden. Langsam entwickelten sich starke Gefühle für

ihn, die ich bis jetzt nicht gekannt hatte. Sie
gingen weit über jene hinaus, die ich als
Jugendliche für ihn gehegt hatte. Markus´
Einfluss gab mir zunehmend Mut, und ein Teil
meiner Lebensfreude kehrte wieder. Dies blieb
natürlich auch Alex nicht verborgen.
Anscheinend schloss er daraus, ich würde mich
wieder seinem Einfluss entziehen. Daraufhin
versuchte er mich wieder, so gut es ging,
fertigzumachen. Dank Markus schaffte ich es aber,
seine Attacken nicht mehr allzu nahe an mich
heranzulassen. Alex jedoch war sehr gut auf
seinem Gebiet. Immer wieder brachte er es
fertig mich in heftiges Weinen ausbrechen zu
lassen. Einmal rief er in der Mittagspause aus
seinem Büro an. Es lief wie immer darauf hinaus,
dass sein Vertrauen in mich gebrochen war. Mir
kam zum ersten Mal der Gedanke, dass er nur
mit mir spielte. Es war absolut nicht fair, was er
tat. Weder mir noch ihm selbst gegenüber. Die
richtige Reaktion wäre gewesen, die Beziehung

zu mir tatsächlich zu beenden, was ich bestimmt verdient hätte. Doch seinem Verhalten, mir zuerst zu vergeben und mir dann das Leben schleichend zur Hölle zu machen, musste eine tiefere Absicht zugrunde liegen. Er würde damit niemals aufhören, egal wie sehr ich mich bemühte. In den letzten Wochen bemühte ich mich tatsächlich sehr. Sehr viel Zeit verbrachte ich damit, dicke Kochbücher zu wälzen, um Gerichte darin zu suchen, die Alex besonders munden würden. Es gab aber auch immer wieder Momente, in denen wir uns gut verstanden, in denen nichts mehr zwischen uns stand. Da wurde mir klar, wie sehr ich ihn immer noch liebte.

Als er schließlich auflegte, weil er wieder weiterarbeiten musste, brach ich weinend auf der Couch zusammen. Niemand hält so etwas lange durch. Wenn ich mich im Spiegel betrachtete, sah ich ein blasses, fast krank wirkendes Gesicht vor mir, das unmöglich *meines sein konnte. Die großen braungrünen*

Augen flehten mich traurig um Hilfe an.

Irgendetwas musste geschehen, doch mir war

klar, dass ich alleine nicht mehr aus dieser

Misere gelangen würde können.

Als hätte er es geahnt, wie es um mich stand,

rief Markus an.

„ Was machst du gerade?"

„Ich heule mir die Augen aus."

Stockend erzählte ich, was sich gerade

zugetragen hatte.

„In zehn Minuten bin ich da!", bestimmte er.

Dann legte er auch schon auf, damit ich ihm

seinen Entschluss nicht mehr ausreden konnte.

Es waren zwar keine zehn Minuten, bis er bei mir

war, sondern dreißig, doch er hielt sein

Versprechen. Grinsend stand er vor meiner Tür

mit einer Packung Eis in der Hand. Es war eine

Familienpackung mit vielen verschiedenen

Sorten von Eislutschern. Er hielt mir ein Twinni

vor die Nase und meinte: „ Willst du ein Eis?

Dann geht es dir besser."

Plötzlich musste ich lachen. Obwohl ich nicht mehr ein noch aus wusste, begann ich laut zu lachen. Diese Aktion war so typisch für Markus. Er war immer noch ein kleines Kind, das glaubte, man könne große Probleme mit einem Eis lösen. So war ich getröstet worden, als ich noch klein und wieder einmal hingefallen war. Markus war einer der Menschen, die mich am allerbesten kannten. Also wusste er, dass auch in mir noch das kleine Mädchen steckte, dem mit einfachen Mitteln ein Lächeln zu entlocken war. So nahm ich also grinsend das Eis entgegen. Er verzog das Gesicht zu einer Grimasse: „ Ich weiß ja, dass du mich auslachst, aber wenn es dir dabei besser geht, dann soll es mir recht sein."

„Idiot", sagte ich und zog ihn zu mir in die Wohnung.

Lange hielt meine gute Laune allerdings nicht an. Bald schon liefen mir die Tränen wieder unaufhaltsam über die Wangen. Mir selbst war es immer wieder ein Rätsel, wieviel ich weinen konnte. Irgendwann musste das doch aufhören! Vielleicht aber produzierte ich so viel Tränenflüssigkeit, dass meine Tränen noch lange reichen würden.

Es reichte ein hartes Wort an mich, und ich spürte bereits, wie meine Augen feucht wurden. Markus sah mich prüfend an. „Das ist nicht gut", stellte er fest. „Niemand darf dich so behandeln. Du hast etwas sehr viel Besseres verdient." Ich zweifelte daran, dass er sich selbst mit dem Besseren meinte. Ich konnte mit ihm zwar Spaß haben und es war schön, in seiner Nähe zu sein, doch war er so unzuverlässig wie eh und je. „Nein das glaube ich nicht", entgegnete ich, „ ich bin kein guter Mensch." Er hob mein Kinn hoch, sodass ich ihm in die Augen sehen musste. In seinem Blick lag so viel Zärtlichkeit, dass mir ein wohliger Schauer über den Rücken lief. Auf der Suche nach Geborgenheit schlang ich meine Arme um seinen

Hals. Er drückte mich an sich. Schließlich führte er mich zur Couch wo wir uns zusammenkuschelten. Ich wollte an nichts mehr denken, einfach nur die Gegenwart eines Menschen spüren, dem ich wichtig war und der sich Gedanken um mich machte. So schlief ich ein.

Als ich später wieder aufwachte, war mir nicht ganz klar, was geschehen war und wo ich mich befand. Dann wurde mir schlagartig wieder bewusst, was vorgefallen war. Alex würde irgendwann nach Hause kommen. Ich wusste nicht, wie lange ich geschlafen hatte und schon gar nicht, wie spät es war. Erschrocken schüttelte ich Markus, der ebenfalls eingeschlafen war, bis dieser aufwachte. „Was ist denn?", fragte er verwirrt. „ Du musst jetzt sofort gehen", meine Stimme überschlug sich vor Verzweiflung. Ohne Fragen zu stellen, stand er auf, beugte sich über mich, gab mir einen Kuss auf die Stirn und verließ dann die Wohnung.

Der Dunkelbraune sah mir erwartungsvoll entgegen. „Romeo!", rief ich leise seinen Namen. Er wieherte ebenso leise. Es war schon lange nicht mehr vorgekommen, dass ich ihn von der Koppel holte. Der heutige Samstag gehörte nur mir und ihm. Als das große Pferd neben mir zum Koppeltor trottete, merkte ich wie sehr ich es vermisst hatte. Natürlich war es traurig gewesen ohne mich. Doch es war ein Pferd, welches seine Trauer nicht laut äußern konnte. Im Reitverein fehlte es Romeo an nichts. Er kam täglich ins Freie, erhielt regelmäßig sein Futter und wurde von meiner Reitbeteiligung regelmäßig geritten. Wir beide aber wussten, was wir vermissten, wenn wir nicht zusammen waren.

Sorgfältig pflegte ich mein Pferd, bevor ich es sattelte. Diese vertrauten Handgriffe wieder auszuführen, brachten mich wieder zurück in eine Zeit, in der Romeo und ich unzertrennlich

gewesen waren. Ihn hatte ich aufs Gemeinste
hintergangen. Im Gegensatz zu Alex war er nicht
aus freien Stücken bei mir. Als ich in seine
dunklen gutmütigen Augen sah, wusste ich, dass
er mir für die letzten Monate, in denen ich mich
kaum um ihn gekümmert hatte, bereits
verziehen hatte. Er war schließlich ein Pferd. Für
ihn war das Leben nicht so kompliziert wie für
uns Menschen. Alles war so wie es war. Er
versuchte nicht, gewöhnliche Situationen
kompliziert zu interpretieren. Lange hatte er
mich vermisst. Doch jetzt war ich da, also war
alles wieder gut.

Auf Romeos Rücken schien die Welt nicht mehr
so bedrohlich zu sein. Solange dieses herrliche
Tier bei mir war, konnte mir nichts geschehen.
Der Wallach schnaubte. Wir unternahmen einen
weiten Ausritt. Obwohl ich jetzt schon einige Zeit
in diesem Dorf lebte, hatte ich die Umgebung
noch nie mit dem Pferd erkundet. Wir streiften
durch die Gegend ohne besondere Eile und ohne

Ziel. Ich genoss die geschmeidigen Bewegungen
meines Pferdes unter mir. Auch Romeo schritt
freudig vorwärts. Das war das wahre Leben!
Genau das wollte ich. Ein Leben mit Pferden!

Eine Weile sagte niemand etwas. Alex hing seinen eigenen Gedanken nach. Seine eigene Geschichte aus der Sicht von jemand anderem zu hören, war ungewohnt. Er wusste zwar, dass verschiedene Menschen dieselben Situationen unterschiedlich wahrnehmen konnten, doch war für ihn immer klar gewesen, wie sich alles zugetragen hatte. Als er Sarah auf der Party ihrer gemeinsamen Freundin Marion kennen lernte, fiel sie ihm sofort auf. Sie war eine intelligente junge Frau und so erfrischend anders als die Mädchen in ihrem Alter. Die meisten Mädchen waren sehr oberflächlich. Obwohl sie sich darüber aufregten, Männer würden an ihnen nur das Äußere bewundern, so zählten für sie ebenfalls kaum innere Werte. Sie verbrachten Stunden vor dem Spiegel, um ihrer Umwelt zu gefallen. Sie passten sich der Mehrheit an, ohne eigenständige Meinungen zu haben. Ihr einziges Interesse bezog sich auf ihr Aussehen. Die Haare mussten jeden Tag zweimal mit Spezialshampoo gewaschen werden, und sobald sich auch nur die winzigste Locke in die Haarpracht schlich, wurde diese sofort brutal mit dem Glätteisen bekämpft. Kaum ein Mädchen ging ungeschminkt aus dem Haus, sei es, ob es nun unterwegs auf eine Party war oder einfach nur zum Einkaufen in den nächsten Supermarkt. So mancher Mann war geschockt, wenn er seine vermeintliche Traumfrau ohne Make-up sah. Das Gesicht wirkte oft schrecklich farblos und gewöhnlich. Sarahs Gesicht jedoch war hübsch. Sie war immer hübsch, egal was sie gerade tat oder anhatte. Viel kümmerte sie sich nicht um ihr Aussehen. Aber das musste sie auch nicht. Sie war sich ihrer natürlichen

Schönheit und ihrer Anziehungskraft bewusst, was sie auch ausnutzte. Wenn sie sich in der Öffentlichkeit zeigte, war sie immer sehr gepflegt. Ihr Haar war ordentlich gekämmt, die langen, aber echten Fingernägel waren sauber und ihre Kleidung war stets geschmackvoll. Doch selten trug sie mehr in ihrem Gesicht auf als eine hauchdünne Schicht Make-up. Dieses Auftreten gab ihr einen Anflug von Arroganz, als wollte sie damit zeigen, dass sie es nicht nötig hatte, ihr Gesicht zu verstecken, weil es von Natur aus makellos war.

Mit der Zeit jedoch veränderte sie sich. Sie zog sich von ihm zurück, teilte ihm nicht mehr so oft ihre Gedanken mit, ließ ihn nicht mehr an ihren Träumen teilhaben. Vielleicht, das musste er sich jetzt eingestehen, hatte sie diese da bereits aufgegeben. Sarah hatte es nicht gerade leicht in ihrem Leben gehabt. Sie war mit ihrer Mutter zerstritten, worunter sie sehr litt. Er hatte versucht, ihr eine Stütze zu sein. Sehr oft war sie traurig und niedergeschlagen. Dabei immer an ihrer Seite zu bleiben, war kein leichtes Unterfangen. Er liebte sie sehr, darum nahm er auch so einiges in Kauf. Niemand hält es lange aus, ständig in der Gegenwart eines depressiven Menschen zu sein. Man fühlt selbst, wie die eigene Lebensfreude weicht und man sich an die hoffnungslose Stimmung des anderen anpasst. So platzte ihm auch einmal der Kragen und er drohte ihr sie zu verlassen, wenn sich nicht alles bessere. Es tat ihm auch Leid, dass er das gesagt hatte. Es lief daraufhin auch wirklich besser. Doch jetzt erst wurde ihm schlagartig klar, dass sie nur begann, ihre Gefühle vor ihm zu verheimlichen. Dann hatte sie etwas mit diesem Markus angefangen. Daraufhin verstand er die Welt nicht mehr. Er konnte keinen Grund erkennen, warum sie das getan hatte. Bestimmt lag es nicht an seiner fehlenden Liebe, denn er liebte sie über alles und wollte ohne sie auch nicht mehr sein. Vielleicht hatte er sie zu sehr vernachlässigt. Da er sich die Schuld daran zum Teil selbst gab, hatte er beschlossen, ihr noch eine Chance zu geben. Doch so leicht wie er anfangs glaubte, war es nicht, ihr diesen Fehler zu verzeihen. Immer, wenn er sie ansah, überkam ihn die Wut und er musste daran denken, dass ein anderer gesehen hatte, was nur für ihn bestimmt war. Von da an betrachtete er seine Freundin mit anderen Augen. Doch fühlte er, dass wenn genug Zeit vergangen war, alles wieder anders werden konnte.

Allzu oft hat das Schicksal aber etwas anderes vor.

Mit dem Lügen ist das so eine Sache. Wenn man sich selbst lange genug etwas vormacht, so kann man bald nicht mehr unterscheiden, was die Wahrheit ist. Die Wahrheit! Ein sehr dehnbarer Begriff. Dieselbe Gegebenheit kann von mehreren Beteiligten anders gesehen werden.

*Was mich betraf, so gab ich Alex gegenüber nur
Halbwahrheiten von mir, die einerseits mein
Gewissen beruhigen sollten und andererseits so
abgeschwächt wurden, bis sie harmlos klangen.
Je öfter ich nun in Markus´ Nähe war, umso
mehr wünschte ich mir, nun mein Leben selber
wieder in die Hand zu nehmen. Er bot mir einmal
an, seinen Bruder zu fragen, ob er nicht einen
Job für mich hätte. Das war es aber nicht, was
ich wollte. Mein Wunsch, der sich jetzt immer
stärker in mir regte, war es, selbst einen kleinen
Stall zu haben, in dem ich unterrichten und
später vielleicht auch einmal Pferde züchten
konnte. Wie ich dieses Unterfangen allerdings in
die Tat umsetzen sollte, war mir nicht klar.
Wieder einmal griff der Zufall in mein Leben ein.
Oder war es Schicksal? Ich fand einen kleinen
Stall in der Nähe, den ich pachten konnte. Die
monatliche Pacht war nicht sonderlich hoch und
wenn es mit den Reitstunden halbwegs lief, so
würde ich sie mir auch leisten können. Einen*

eigenen Stall zu eröffnen, war bestimmt nicht einfach und außer jeden Monat die Pacht aufbringen zu müssen, fielen noch einige andere Kosten an, die ich in meinem Übereifer völlig unterschätzt hatte, wie zum Beispiel die Anschaffung von geeigneten Schulpferden. Für den Anfang würden es nicht gerade viele sein. Romeo besaß ich ja schon. Doch wusste ich nicht, wie er sich im Schulunterricht machte. Ein oder zwei andere Pferde wären nicht schlecht gewesen. Vielleicht Kleinpferde, wie z.B. Haflinger. Pferde dieser Größe schienen mir am geeignetsten, da sie sehr wohl von Kindern als auch von Erwachsenen geritten werden konnten. Woher sollte ich all das Geld nehmen? Diese Überlegungen legten mein Vorhaben zunächst auf Eis. Der Stall blieb leer und zu meiner Erleichterung interessierte sich außer mir niemand dafür, ihn zu pachten. Neben dem Stall gab es ein kleines Haus. Öfter ging ich an der Anlage vorbei, während ich mir vorstellte, wie es

wohl wäre, darin zu wohnen. Jeden Morgen
würde ich meine eigenen Pferde versorgen. Die
Arbeit, die ich dann tat, würde ich für niemand
anderen machen. Niemand sagte mir, was ich zu
tun oder zu lassen hätte. Ich müsste lediglich
mich selbst zufriedenstellen. Hinter dem Haus
grenzten weite Koppeln an. Hier würden meine
Pferde grasen. Als ich einmal am Stallgebäude
vorbeiging, fühlte ich mich plötzlich sehr
eigenartig. Das hier war mein Zuhause. Auf
einmal war es mir klar. Mein Herz hatte sich
bereits für diesen Ort entschieden. Meine
Überlegungen waren jetzt nicht mehr rein
vernunftgemäß, sondern begannen sich nun auf
der Gefühlsebene zu bewegen. Ich musste hier
herziehen, egal wieviel Arbeit oder Geld es
kostete. Irgendeinen Weg musste es geben.
Früher, als ich noch bei meinen Eltern wohnte,
war ich dort zu Hause. Doch seit ich von zu
Hause wegging, war ich nirgends mehr daheim
gewesen. Überall fühlte ich mich nur geduldet,

vor allem in der Wohnung, die ich zur Zeit mit Alex bewohnte. In mir keimte das unbändige Verlangen auf, an diesem wunderbaren Ort mit den saftig grünen Wiesen, den großen Bäumen und dem kleinen gemütlichen Haus zu leben. Meinem Freund erzählte ich vorerst nichts davon. Ich wusste genau, dass er mich davon abbringen wollen würde. Außerdem hätte er meinen Traum bestimmt schlechtgemacht. Ich wollte mich selbst und diesen wunderbaren Ort vor seinen gehässigen Worten schützen.

Auch Markus gegenüber erwähnte ich nichts. Er wusste zwar, dass es mein Traum war, irgendwann etwas Eigenes zu haben, doch glaubte er, dass ich, wie so viele andere, meine Träume niemals verwirklichen würde. Ich wusste, er machte sich Sorgen um mich wegen Alex. Warum ich diesen immer noch nicht verließ, war mir ein großes Rätsel. Jeden Tag zog ich es zumindest in Erwägung. Wenn es allerdings zwischen uns dann doch wieder einen seltenen Glücksmoment gab, so hoffte ich wieder, er würde sich ändern.

Alles Hoffen war umsonst. Sein Verhalten mir gegenüber wurde nur immer unmöglicher.

Markus war einige Tage weggewesen. Er hatte seinen Bruder wieder auf ein Turnier begleitet. Am Tag vor seiner Abreise war ein Pferd auf sein Handy getreten und hatte es komplett zerstört. So war in dieser Zeit kein Kontakt zu ihm möglich. Ich bemerkte, wie sehr ich ihn vermisste. Alex zog in diesen paar Tagen alle Register seines Könnens.

Als er einmal nach Hause kam, fragte er mich, ohne mich zuvor zu begrüßen: „ Wo ist meine Jacke?" Verwirrt sah ich ihn an. Ich war gerade dabeigewesen, den Salat für das Abendessen zu waschen. „ Welche Jacke denn?"

„Stell dich nicht so dumm!"

Seine Stimme klang wütend. Was hatte ich ihm denn jetzt schon wieder getan? Wahrscheinlich hatte es wieder Probleme mit der Arbeit *gegeben. Nur gut, dass er jemanden zuhause hatte, an dem er seinen Unmut abreagieren konnte.*

„Du weißt genau, was ich meine! Die Jacke, die ich bei Klaus vergessen habe."

Jetzt fiel es mir ein! Vor einer Woche war er bei seinem Freund Klaus gewesen, wo er seine Lieblingsjacke vergessen hatte. Er trug mir dann auf, ich solle sie holen. Da er mir diese Anweisung nur im Vorbeigehen zurief und ich gerade mit Staubsaugen beschäftigt gewesen war, entfiel sie mir sehr schnell wieder. Anfang dieser Woche fiel es mir wieder ein, und ich beschloss die Jacke zu holen, sobald ich Zeit dazu hatte, doch war ich bis jetzt noch nicht dazugekommen.

Die Nudeln, die ich vor kurzem aufgestellt hatte, waren gerade dabei überzugehen. In Gedanken noch bei Alex griff ich nach dem Topf. Ein brennender Schmerz ließ mich die Hand sofort zurückziehen. Schnell nahm ich ein Geschirrtuch,

stellte den Topf auf die Seite und drehte die
Herdplatte zurück. Meine Hand pochte
schmerzhaft. Da spürte ich noch ein anderes
Brennen, das aber aus meinem Inneren zu
kommen schien. Der Schmerz in meiner Hand
und Alex, der mich als Selbstverständlichkeit
ansah, lösten eine tiefe Wut in mir aus.
„Warum holst du die Jacke nicht selbst?", fuhr
ich ihn darum an.
„Du hast gesagt, du holst sie!"
„Gar nichts hab ich gesagt. Du bist nur davon
ausgegangen, dass ich das mache, was du sagst!
Aber stell dir vor, ich habe auch sehr viel zu tun
und kann wegen so einer dummen Jacke nicht
alles stehen und liegen lassen! Du fährst jeden
Tag, wenn du zur Arbeit fährst, bei Klaus vorbei.
Warum nimmst du sie dann nicht selber mit?"
Verwirrt sah er mich an. So eine Reaktion war er
von mir nicht gewohnt.
„Was ist denn los mit dir?", schrie er mich an.
Normalerweise wäre ich jetzt zusammengezuckt

und hätte wahrscheinlich zu weinen begonnen. Doch diesmal schrie ich zurück. „ Ich habe auch Dinge zu erledigen. Es wird Zeit, dass du auch einmal selbständig wirst und dein Leben alleine auf die Reihe bekommst, ohne dass ich dir alles hinterher tragen muss."

„Auf welchem Ego -Trip bist du denn? In letzter Zeit denkst du nur noch an dich. Du weißt ja gar nicht, was ich deinetwegen durchmachen muss!" Jetzt begann er wieder damit. Ich war viel zu müde, um mich immer wieder damit auseinanderzusetzen. Er würde wieder damit anfangen, wie großmütig er war und was ich alles ihm zu verdanken hatte. Das alles wollte und konnte ich nicht mehr hören! Wortlos bereitete ich das Essen fertig zu. Warum ich nicht alles sofort liegen und stehen ließ, lag daran, dass ich zuerst noch meine Gedanken ordnen wollte. Jedoch gab es da nichts zu ordnen. In meinem Kopf herrschte Leere. Alex schimpfte weiter, obwohl er bemerken musste, *dass ich ihm nicht zuhörte. Als ich dann im Bett*

lag, konnte ich lange nicht einschlafen. Es gab da

so viele Gedanken, die mich quälten. Markus

musste heute zurückgekommen sein. Warum

meldete er sich dann nicht bei mir? Ohne Handy

ging das ja auch schlecht, versuchte ich mich zu

beruhigen. Doch wenn ihm wirklich etwas an mir

lag, dann gab es noch zahlreiche andere Wege,

um sich mit mir in Verbindung zu setzen.

Wartete er vielleicht auf ein Zeichen von mir?

Am nächsten Morgen blieb ich so lange im Bett

liegen, bis Alex zur Arbeit gegangen war. Meine

Reitstunden im Reitverein waren heute erst für

den Nachmittag geplant, so blieb mir genügend

Zeit. Schnell zog ich mich an und verließ dann die

Wohnung.

Markus sah sehr überrascht aus, als ich plötzlich

vor seiner Tür stand. Nicht wissend, was jetzt zu

tun war, standen wir einfach nur da und sahen

uns an.

„Bist du böse, weil ich mich nicht gemeldet

hab?", fragte er dann.

„Ja!"

„Es tut mir Leid!"

„Jetzt ist es zu spät dazu. Das hättest du dir
vorher überlegen müssen!"

„Ich hab geglaubt, du hast mich schon
vergessen!", fügte ich vorwurfsvoll hinzu.

„ Wie könnte ich den Menschen jemals
vergessen, den ich liebe?"

Sprachlos starrte ich ihn an. Dann trat ich einen
Schritt auf ihn zu. Ehe ich es mir anders
überlegen konnte, tat ich den Sprung ins kalte
Wasser und küsste ihn. Plötzlich wurde uns
beiden klar, wie sehnsüchtig wir darauf gewartet
hatten.

Meine Reitstallpläne nahmen nun doch konkrete
Formen an. Zu meiner Überraschung erklärte
sich mein Vater bereit, mich zu unterstützen. Ein
zweites Schulpferd war rasch gefunden. Es war
eine mittelgroße, hübsche zehnjährige

Haflingerstute namens Sissi. Es war an der Zeit,
Alexander in meine Pläne einzuweihen. In mir
tobte das Gefühlschaos. Ich wusste wirklich
nicht, was ich machen sollte. War ich mit Markus
zusammen, so wurde alles um mich herum
unwichtig. Es war als befände ich mich in einer
anderen Welt. Jede Berührung, jeder Kuss war
etwas Besonderes, da ich wusste, dass ich das
normalerweise nicht durfte. Doch es war so
unwirklich, so dass ich mir einreden konnte,
Markus wäre meine Traumwelt und Alex die
Realität. Wie lange ich noch so weitermachen
konnte, wusste ich nicht. Meine größte Angst
war, dass Alex etwas herausfinden könnte.
Wenn er irgendetwas dahingehend sagte, sein
Vertrauen zu mir wäre in der letzten Zeit größer
geworden, so wurde mir übel. Ich hatte mich in
ein derartiges Netz aus Halbwahrheiten
verstrickt, welches ein gefahrloses
Wiederherauswinden schon lange nicht mehr
möglich machte.

Alex war keineswegs begeistert von meiner Reitstallidee. Er tobte, schrie mich an, drohte mich zu verlassen und erklärte mir, es würde ohnehin nichts werden. Doch als er bemerkte, dass ich weder seine Erlaubnis noch Zustimmung brauchte, wurde er ruhiger.

„ Wir werden uns dann fast nie sehen", jammerte er.

„Das ist doch das Beste daran!", dachte ich und erschrak sofort. „Ich krieg das schon hin. Ich werde dich nicht vernachlässigen, keine Sorge", versuchte ich ihn zu beruhigen.

„ Dann musst du zumindest jedes Wochenende mit mir verbringen!", bestimmte er.

„Naja gut, ok."

„Du musst es mir versprechen!"

„Mhm.."

„Versprich es mir!", schrie er schon fast.

„Ok, ok!", lenkte ich ein. „ Ich verspreche es dir."

„Na dann machen wir jetzt eben einen Reitstall auf!"

Von nun an betrachtete Alex das Projekt Reitstall als unser gemeinsames. Er erkundigte sich jeden Tag, wie die Umbauarbeiten im Stall vorangingen. Das Stallgebäude war ein ehemaliger Kuhstall und sollte nun pferdetauglich werden.

„Um die Koppel herum brauchst du unbedingt einen ordentlichen Zaun. Den Stacheldraht, der da herumgeht musst du unbedingt entfernen, der ist für Pferde ungeeignet", erklärte Markus als er sich einmal meinen Stall ansah. „Das weiß ich doch", gab ich zurück. „ Denkst du, ich hatte vorher noch nie etwas mit Pferden zu tun?" Er lachte, doch sein Blick wurde schlagartig ernst, als er meine traurige Miene sah. „Was ist denn los?"

„Ich weiß einfach nicht, was ich tun soll."

„Ganz einfach, den Stacheldraht mit einer Zange entfernen, aufrollen, und dann gegen einen anderen Draht ersetzen. Wenn du willst, helfe ich dir dabei."

Entgeistert starrte ich ihn an. Wie konnte er glauben, dass mich so eine Nichtigkeit beschäftigte. Als ich ihm in die Augen sah, wusste ich jedoch, dass ihm klar war, wovon ich sprach. Anscheinend hätten seine Worte mich aufheitern sollen.

„ Er hört nicht auf mich zu quälen."

Markus legte seinen Arm um mich. „Du weißt ohnehin was du willst."

„Ich bin mir nicht sicher! Sag du es mir."

Er drückte mich fest an sich. „Das kann ich nicht. Diese Entscheidung kann dir keiner abnehmen. Ich halte mich bewusst zurück, damit du dich von mir nicht beeinflusst fühlst."

„Dann sag mir, was du willst!", drängte ich.

„Nein, das spielt keine Rolle." Mehr war aus ihm nicht herauszubekommen. Vielleicht wäre alles anders gekommen, hätte er mir gesagt, er wolle wirklich mit mir zusammensein. Doch er tat es nicht.

Ich war interessant, weil ich für ihn unerreichbar

war. Er hatte Angst, sein Interesse an mir würde

schlagartig abnehmen, sobald ich Alex verließ.

Davon ahnte ich damals allerdings noch nichts.

„Weißt du was?; ich werde es versuchen!"

„Was versuchst du?"

„Ich werde es ihm sagen."

„Was denn?"

„Dass ich mich von ihm trenne, schließlich bin ich

dir das schuldig."

„Du bist mir gar nichts schuldig", sagte er

bestimmt.

Die ganze Woche schon schlief ich im neuen

Haus. Es war sehr aufregend. Für mich begann

damit ein neuer Lebensabschnitt. Romeo und die

Haflingerstute bewohnten bereits den Stall.

Romeo bei mir zu haben, erfüllte mich mit

großer Zufriedenheit. Auch er schien es zu

genießen, mich jeden Tag zu sehen. Gesprächen

mit Alex war ich in den letzten Tagen erfolgreich
aus dem Weg gegangen. Eine Woche zuvor
hatte ich ihm allerdings versprochen, das
Wochenende mit ihm zu verbringen. Davor
graute mir etwas. Diesmal würde ich es ihm
sagen. Es konnte einfach nicht so weitergehen.
Damit machte ich mich und ihn unglücklich. Er
hätte eine Frau gebraucht, die sich nicht alles
von ihm gefallen ließ.
Unsere Unterhaltung drehte sich zuerst um
Belangloses. Den ganzen Freitagabend brachte
ich kein Wort heraus. Er bemühte sich zusehends
um mich, machte mir Tee und erkundigte sich
genau nach dem Stall. So ließ ich diese
Gelegenheit also verstreichen. Auch der Samstag
verging, ohne dass ich etwas gesagt hätte. Doch
dann, Sonntagmittag, kam es zu einem Streit,
der mir schließlich doch den Mut gab,
loszuwerden, was ich sagen wollte.
„Weißt du was? Es hat keinen Sinn mehr mit uns."
Er sah mich traurig an und schlug dann einen

Spaziergang vor.

Verwirrt stimmte ich zu. Wir wanderten sehr lange durch die Gegend ohne etwas zu sagen, bis er plötzlich das Schweigen brach: „ Ich habe es schon geahnt, dass da etwas ist, doch es nicht wahrhaben wollen."

„Ja", konnte ich nur sagen.

„Ich dachte, in unserer Beziehung würde es jetzt wieder besser laufen!"

„Wenn wir uns beide zusammenreißen, ja. Aber das ist nicht echt, wir müssten uns zu sehr verstellen."

„Du weißt, dass ich dich liebe!"

Ich schüttelte den Kopf. „ Ich bin mir nicht sicher. Du hast eine sehr eigenartige Art, das zu zeigen!"

„ Ich war sehr enttäuscht über das, was du getan hast. Da hab ich eben etwas überreagiert. Ich hatte so einen Hass in mir. Es tut mir Leid, dass ich dich so schlecht behandelt habe.

Ganz sicher wäre es wieder besser geworden.

Ich würde mich beruhigen, wenn du es nur zulässt!"

Natürlich war das sein Ernst. Doch ich bezweifelte, dass sich jemals etwas ändern würde. Mein Entschluss stand bereits fest. Aber dann tat er etwas, was ich nicht erwartet hätte. Er weinte. Verwirrt blieb ich stehen.

„Was ist denn los?"

„Ich kann ohne dich einfach nicht leben. Warum bist du so grausam zu mir? Es wird alles besser werden, wenn du mir nur eine Chance gibst."

Er tat mir so unheimlich Leid. Noch nie hatte ich ihn derart am Boden gesehen. Ich kam mir schrecklich dabei vor, ihm jetzt zu sagen, dass es keine Chance mehr geben würde. „Sarah, denk doch einmal nach. Es war ja nicht alles an unserer Beziehung schlecht. Willst du das alles wegschmeißen? Bitte überleg es dir noch einmal."

Er sah mich flehentlich an, wobei er meine Hände in seine nahm. „Bitte. Bleib bei mir",

schluchzte er mit Nachdruck. Die nächste Zeit
hasste ich mich für das, was ich tat, indem ich
ohne Nachzudenken sagte: „ Na gut. Wir
versuchen es noch einmal." Glücklich fiel er mir
um den Hals.

Später saß ich gerade auf der Couch, während
Alex unter der Dusche war. Da läutete mein
Handy. Es war Markus. Eilig nahm ich ab. „ Ich
kann gerade nicht. Ich bin bei Alex."

„Ok.", antwortete er. Das war das Letzte, das ich
für eine lange Zeit von ihm hörte. Wenn ich ihn
in nächster Zeit anrief, hob er nie ab oder
erklärte, er habe keine Zeit. Eine Woche später
erfuhr ich von einer gemeinsamen Bekannten,
dass er nun schon ein paar Tage mit einer Frau
zusammen war, deren Pferde bei seinem Bruder
untergebracht waren.

Ein Neuanfang

Markus konnte sich gut daran erinnern, wie er sich gefühlt hatte. Natürlich war es seine Angst gewesen, sie würde Alex tatsächlich verlassen. Sie hätte von ihm erwartet, ihre Probleme zu lösen. So schwach, wie sie war, hätte sie jemanden gebraucht, der ihr half und ihr zeigte, in welche Richtung sie weitermachen sollte. Dazu fühlte er sich aber nicht in der Lage. Er war jung, wollte sein Leben genießen. Geliebt hatte er sie. Aber er verliebte sich ohnehin schnell. Sarah war eine von vielen Frauen gewesen. Das Einzige, was sie auch über ihre Trennung hinaus noch verband, war die gemeinsame Liebe zu Pferden, vor allem zu dem einen Pferd. Romeo ! Der braune Wallach war etwas ganz Besonderes. Er nahm jede Stimmung seines Reiters sofort auf. Dieses Pferd bedeutete ihm sehr viel.

Immer wieder hatte er an ihn gedacht und damit zwangsläufig auch an Sarah. Dass sie nun ihm dieses wunderbare Pferd anvertraute, zeigte, dass auch sie sich Gedanken gemacht hatte. Als sie sich für Alexander entschied, fühlte er sich zu seiner eigenen Überraschung hintergangen. Außerdem wurde ihm klar, was er verloren hatte. Nach ein paar Tagen, die er damit verbrachte, sich selbst zu bemitleiden, beschloss er weiterzumachen und die Frau zu vergessen. Er konnte ohnehin nichts mehr ändern. Sie würde ihren Freund nie verlassen. Ohne ihn konnte sie offenbar nicht leben. Vielleicht brauchte sie seine Quälereien in ihrem Leben. Er wusste, dass es Menschen gab, die sich immer etwas suchen mussten, das sie unglücklich machte. Wenn er mit ihr zusammengewesen wäre, dann hätte es nicht lange gedauert und sie hätte ihn mit sich nach unten gezogen, versuchte er sich zu trösten. Es war wahrscheinlich für alle das Beste. So fand er sich damit ab und zog einen Schlussstrich unter diese Geschichte.

Sarah tat das offenbar nicht. Es vergingen einige Monate. Danach meldete sie sich wieder bei ihm. Sie hätte einen großen Fehler gemacht, sagte sie. Alles, was sie wollte, war mit ihm zusammen zu sein. Er sagte ihr klar und deutlich, er hätte keine Lust mehr, noch einmal so etwas mitzumachen. Daraufhin telefonierten sie noch einige Male, bis sie aufgab und nichts mehr von sich hören ließ. Wenn er manchmal an sie dachte, ignorierte er den Impuls, sich bei ihr zu melden, aus Angst, sie würde sich dann wieder Hoffnungen machen.

Eines Tages trafen sie sich aber trotzdem wieder. Es war wie so oft, absolut nicht geplant. Wenn er sich jetzt zurückerinnerte, dann konnte er den verzweifelten Blick von Alex vor sich sehen. Diesem war anscheinend klargeworden, dass er Sarah seinetwegen fast verloren hätte. Und als sie sich dann über den Weg liefen, beschloss Alex in Markus die Wurzel allen Übels zu sehen. Es war wieder auf einem Turnier, auf dem sie sich begegneten. Sarah und Alex waren plötzlich da.

Alex fuhr seine Freundin an. „Ist er das?" Sie nickte erschrocken. Schon stürmte er auf ihn zu. Sarah versuchte noch, ihn zurückzuhalten, doch es war sinnlos. Er begann, absurde Dinge von sich zu geben. Er machte ihn für alles, was geschehen war, verantwortlich. Sarah traf keine Schuld, denn diese wusste nicht , was sie tat. In Markus kam der alte Ärger wieder hoch. So durfte dieser arrogante Typ nicht mit Sarah reden! Doch bald schon hatte er sich wieder gefangen. Ihn ging das nichts mehr an. Er war nicht mehr dafür zuständig, das Mädchen zu trösten, wenn es wieder Ärger mit dem Freund gegeben hatte. Diese Zeiten waren längst vorbei.

„Was willst du denn?", sagte er darum. „ Sie hat sich doch damals für dich entschieden."

Alex, der schon im Begriff gewesen war, sich mit ihm zu prügeln, was ihn eigentlich amüsierte, denn ihm war klar, dass der wütende junge Mann keine Chance gegen ihn hatte, drehte sich plötzlich um, schrie seine Freundin an, und gleich darauf waren die beiden um die nächste Ecke verschwunden.

Viel stand nun nicht mehr in dem Heft. Obwohl jeder seinen Erinnerungen nachhing und dazwischen immer wieder einen wütenden oder erstaunten Laut von sich gab, waren die drei fest entschlossen, alles zu Ende zu lesen. Besonders Markus und Alex wollten nun die ganze Wahrheit erfahren.

Auch die größten Wogen glätten sich irgendwann. Im Laufe der Jahre begann mein Leben in geordneten Bahnen zu verlaufen. Meine Mutter redete irgendwann wieder mit mir. Wir sprachen nicht mehr darüber, was geschehen war. Da wir nun vorsichtigen Abstand voneinander hielten, begannen wir uns auch

gegenseitig mit gebührendem Respekt zu

behandeln. Unser Verhältnis war zwar

keineswegs herzlich, jedoch herrschte zwischen

uns eine seltsame Art von Harmonie.

Die Beziehung zu Alexander konnte tatsächlich

funktionieren! Die Wahrheit war irgendwann

tatsächlich ans Tageslicht gekommen. Und zu

meiner Überraschung verließ er mich auch

diesmal nicht. Das brachte mich zum Umdenken.

Anscheinend musste er mich doch sehr lieben. So

gab es zwischen uns doch noch einen

Neuanfang. Ich war mit der Zeit stärker

geworden und schaffte es jetzt, mich zu

behaupten. Ich ging in meiner Arbeit auf und das

machte mich glücklich. Alex´s Verhalten mir

gegenüber änderte sich. Er wusste nun, wie

schnell er mich verlieren konnte.

Und dann gab es natürlich die Pferde. Sie jeden

Tag zu sehen, gab mir ein unheimlich gutes

Gefühl. Das zu tun, was meine Bestimmung war,

erfüllte mich mit derartiger Zufriedenheit, dass
ich eine Zeitlang nichts anderes wollte.

Sehr oft jedoch kam die Traurigkeit zurück.
Sosehr ich meinen Freund auch liebte, wusste
ich, dass ich noch sehr starke Gefühle für Markus
hegte. Das würde sich wahrscheinlich niemals
ändern. Er jedoch hatte mir klar und deutlich
gesagt, was er von mir hielt. Für ihn war es nur
eine kurze Affäre gewesen, für mich jedoch, so
dachte ich lange Zeit, war er die Liebe meines
Lebens. Diese Gedanken überschatteten mein
Leben. Vielleicht konnte ich einfach nicht
glücklich sein.

Doch als eines Morgens die Sonne in mein
Zimmer schien, fühlte ich mich irgendwie anders.
Ich konnte nicht erklären, was es war. Es trieb
mich nach draußen. Seit einiger Zeit schon
beschäftigte ich ein Mädchen, das sich um die
Pferde kümmerte. Ihr Name war Carina. Wir
kannten uns jetzt schon lange. Sie hatte bei mir
Reiten gelernt. Carina gehörte zu den wenigen

Menschen, denen ich bedingungslos vertraute. Jeden Morgen mistete sie den Stall aus und half mir auch sonst bei den Pferden. Ich musste mich an diesem Morgen also nicht um die Pferde kümmern. Darum lief ich, nachdem ich mir schnell etwas übergezogen hatte, barfuß hinaus in den noch kühlen Sommermorgen. Ich schlüpfte unter dem Koppelzaun durch und ging über die Weiden. Bald würden die Pferde wieder hier draußen sein. Sie würden über die Wiese toben oder einfach nur unter den Bäumen ausruhen. Ich liebte alles hier. Aus einiger Entfernung betrachtete ich das Haus und den Pferdestall. Plötzlich wusste ich, es war ein Abschied. Wer nicht mehr mehr will, bleibt in seiner Entwicklung stehen, fiel mir ein. Doch ich war jung, ich musste mich noch entfalten. Ich versuchte mich zu erinnern, was mir Kummer bereitet hatte. Markus! Er hatte mit seiner Entscheidung, mit unserer Beziehung abzuschließen, wahrscheinlich genau das Richtige *getan.*

In diesem Moment wurde mir klar, dass ich frei war. Endlich hatte ich die mir selbst auferlegte Gefangenschaft verlassen. Mir stand es nun frei, überall hinzugehen wo ich wollte. Nichts und niemand konnten mich jetzt noch aufhalten. Noch immer dachte ich jeden Tag an ihn. Er begleitete mich bei allem, was ich tat. Doch nun wusste ich, dass ich ihn nicht mehr brauchte. Ich war nicht mehr auf das Gefühl angewiesen, das mich überkam, wenn ich ihn anrief und seine Stimme hörte. Wahrscheinlich würde ich nie aufhören ihn zu lieben, doch diesmal war es ein befreiendes, bestärkendes Gefühl. Diese Liebe war ewig. Gerade darum, weil er sie nicht erwiderte oder nicht so, wie ich es mir wünschte, würde er immer in meinem Herzen bleiben. Ich bereute es nicht ihm begegnet zu sein und mich in ihn verliebt zu haben. Gerade weil dieses Glück nicht von Dauer war, war es so wertvoll. Er war meine große Liebe und ich würde die

Erinnerung an ihn immer im Herzen tragen. Mit diesen positiven Gefühlen gestärkt konnte ich nun endlich hinausgehen in die Welt und lernen. Das war es, was ich wirklich wollte. Ich wollte lernen, mit den verschiedenen Arten der Liebe umzugehen. Und ich wusste, dass ich mich im Laufe meines Lebens noch in viele Männer, Pferde, Landschaften und auch Orte verlieben würde. Zum ersten Mal in meinem Leben flößte mir das keine Angst ein. Nun war ich bereit, offen zu sein für alles, das nun auf mich zukam und es war ein herrliches Gefühl!

„Das wars´." Carina klappte das Heft zu. Wortlos sahen sich die drei an. Es gab jetzt nichts mehr, was gesagt werden musste. Doch jeder hatte seine Aufgaben zu erfüllen. Sarah war weg, doch das Leben ging weiter. Pferde mussten versorgt und gefüttert werden, Reitstunden erteilt und auch alle anderen Dinge mussten wie gewohnt weiterlaufen. Carina lächelte still vor sich hin.

Sarah hatte allen klargemacht, dass man sich nicht zwangsläufig mit etwas zufrieden geben musste. Seinem Herzen zu folgen, war zwar der schwierigere, jedoch ganz bestimmt der einzig richtige Weg.

Die dunkelhaarige Carina war ein hübsches Mädchen, stellte Markus fest. Soweit er das beurteilen konnte, war sie auch sehr intelligent. Sie würde keine Schwierigkeiten haben, alles so weiterzuführen wie Sarah es wollte.

Alex dagegen wirkte etwas verloren. Wahrscheinlich war ihm gerade bewusst geworden, dass nichts so war, wie er es als selbstverständlich angenommen hatte.

Irgendwie tat er ihm Leid. Sofort schüttelte er diese Empfindung wieder ab. Es gab jetzt anderes zu tun. Romeo musste verladefertig gemacht und dann auf den Anhänger geführt werden. Dies teilte er auch laut den anderen beiden mit. Und ohne irgendeinen Einwand begaben sich die beiden mit ihm zum Stall und halfen ihm, den Braunen zu verladen.

Rückkehr nach Hause

Carina verstreute das Stroh in der Box. Romeo sollte es bequem haben, wenn er wieder nach Hause zurückkehrte. Sie freute sich schon wahnsinnig darauf, den braunen Wallach wiederzusehen. Heute würde er das letzte Mal auf einem Turnierplatz sein. Es war nun Zeit, dass er in den wohlverdienten Ruhestand trat. Von nun an würde es seine Aufgabe sein, jungen, motivierten Reitschülern dabei zu helfen, das Reiten zu erlernen. Natürlich würde er sich dabei auch nicht überanstrengen, sondern die meiste Zeit auf der Koppel verbringen. In den letzten drei Jahren war es mit Romeos Karriere steil bergauf gegangen.

Niemand hätte es für möglich gehalten, dass ein Pferd, das erst mit 13 Jahren richtig in den Turniersport einstieg, so erfolgreich sein konnte. Heute würde es also sein allerletztes Turnier sein. Carina wartete bereits sehnsüchtig auf den Anruf, in dem ihr das Ergebnis mitgeteilt werden sollte.

Alexander legte den Arm um seine Freundin Nina. „Sei doch nicht so aufgeregt, du musst doch nicht selbst springen", versuchte er sie zu beruhigen. „Ja das weiß ich doch," gab sie lachend zurück. „Ich bin so froh, dass ich nicht durch diesen Parcours muss! Ich würde sterben vor Aufregung!" Nina sah Alex in die Augen und schlang dann ihre Arme um seinen Hals. „Hab ich dir heut schon mal gesagt, dass ich dich liebe?" Er legte den Kopf schief und sah dabei aus wie ein bettelnder Hund. „Nein, hast du nicht mein Schatz!" Sie lachte, zog seinen Kopf zu sich und gab ihm einen zärtlichen Kuss. „Ich liebe dich!"

„Ja, das weiß ich doch. Die Frage ist nur, ob du Romeo mehr liebst als mich!" Nina lächelte.

„Ach du bist ja so dumm! Es gibt Sachen, die kann ich nur mit dir und ganz sicher nicht mit Romeo machen." Die beiden tauschten einen wissenden Blick.

„Der letzte Teilnehmer in diesem Bewerb: Markus Steinbrecht auf Romeo, " tönte es nun aus dem Lautsprecher. Nina und Alex wandten ihre Aufmerksamkeit nun wieder dem Geschehen auf dem Turnierplatz zu. Nina trat nervös von einem Fuß auf den anderen. Dies war Romeos allerletztes Turnier. Das war etwas ganz Besonderes.

Auch Romeo schien zu wissen, dass heute etwas anders war. Nahm er sonst die Atmosphäre auf den Turnierplätzen gelassen hin, so schien er heute nicht er selbst zu sein. Er warf den Kopf auf und tänzelte aufgeregt umher. Markus hatte sichtlich Mühe, den kräftigen Wallach unter Kontrolle zu halten. Die lange Mähne des Pferdes war zu einem kunstvollen Netz geflochten. Für Romeos gutes Aussehen und Wohlbefinden war Nina zuständig. Seit drei Jahren war sie Romeos Pflegerin. Sie kannte jede seiner Eigenarten und wusste, wo er beim Putzen am liebsten gekrault werden wollte.

Der braune Wallach galoppierte auf das erste Hindernis zu. Nina hielt den Atem an. Romeo war viel zu schnell unterwegs! Das konnte nicht gutgehen! Sonst wartete der Braune immer darauf, was ihm sein Reiter sagte, doch heute schien er diesen gar nicht wahrzunehmen. Mit einem mächtigen, aber durchaus eleganten Satz segelte er über den ersten Sprung, einen 1,60 m hohen Steilsprung, hinweg. Markus, der zuerst noch versucht hatte, sein Pferd zur Vernunft zu bringen, ließ ihm nun seinen Willen. Es war Romeos letztes Turnier. Diesmal sollte er durch den Parcours stürmen können wie er wollte.

Markus wusste, wie gefährlich das war, doch er vertraute Romeo. Der Wallach wusste, was er tat.

Selbst Alex, der nicht besonders viel für den Springsport übrig hatte, ließ sich nun von der Aufregung seiner Freundin anstecken. Auch er hielt den Atem an, bis Romeo über den letzten Oxer flog. Schließlich sah er seine Freundin an und plötzlich realisierten beide, dass Romeo gewonnen hatte! Es war ein Nullfehlerritt gewesen und damit war ihm der Sieg sicher. Denn seltsamerweise hatte das keines der anderen Pferde geschafft. Vielleicht wollten sie dem großen Romeo einen würdigen Abschied bereiten. Der große Wallach war ein Ausnahmepferd, wie es vor ihm keines gegeben hatte und auch nach ihm keines mehr geben würde. Die beiden jungen Menschen fielen sich vor Freude in die Arme. Die Freude seiner Freundin strömte nun auch auf Alex über. In diesem Moment war er überglücklich. Er dachte voller Dankbarkeit an Romeo, das Wunderpferd, das ihm zu seinem Glück verholfen hatte. Nina löste sich aus seiner Umarmung. „So jetzt muss ich mich aber um unser Wunderpferd kümmern", sagte sie, als hätte sie seine Gedanken erraten.

Markus ritt auf Romeo zum Stallzelt zurück. Er genoss den Moment, mit seinem Pferd alleine zu sein. „Sein Pferd", daran hatte er sich schon gewöhnt. Doch der braune Wallach gehörte ihm nicht. Er war nur eine Zeitlang bei ihm gewesen, um sein Leben positiv zu verändern. Mit einem Lächeln dachte er daran, dass ihn nicht nur eine Freundin des Pferdes wegen verlassen hatte. Die letzte hatte gemeint: „ Du liebst doch den Gaul sowieso weit mehr als mich! Warum ziehst du nicht gleich in den Pferdestall!" Romeo war eben etwas ganz Besonderes. Früher hätte er nie daran gedacht, ein Pferd allem anderen vorzuziehen. Vielleicht lag es daran, dass nur das Pferd ihn so mochte wie er war und immer alles zu verstehen schien, was er ihm sagte. Oder es lag daran, dass mit dem braunen Wallach eine besondere Geschichte verbunden war. Seine eigene Lebensgeschichte und die der Menschen in seiner Umgebung, die nun alle so glücklich und zufrieden wirkten. Wahrscheinlich hätte sich alles ganz anders entwickelt, wäre Sarah damals nicht verschwunden. Des Öfteren hatte er sich gefragt, wo sie wohl war und ob es ihr gut ging.

Romeo schnaubte zufrieden. Markus strich ihm kurz über den kräftigen Hals. „Das hast du gut gemacht", sagte er.

Als er sich aus dem Sattel schwang, war Nina schon da und hielt Romeo am Zügel. Die junge Frau strahlte glücklich. Für sie war es fast so, als hätte sie selbst gewonnen.

Markus, dem es oft schwerfiel, Gefühle zu zeigen, lächelte nur versonnen vor sich hin.

Doch als Nina den Braunen wegführen wollte, bat er sie noch kurz zu warten. Er schlang seine

Arme um den Hals des Pferdes und presste sein Gesicht in die Mähne des Tieres. Ninas Erstaunen kannte keine Grenzen.

Es war Abend geworden. Romeo kaute zufrieden an seinem Heu und lauschte den Geräuschen in seiner Umgebung. Plötzlich vernahm er Schritte, die sich rasch näherten. Als ihm ein vertrauter Geruch in die Nüstern stieg, hob er erstaunt den Kopf und wieherte leise. „Ich wusste ja, dass du der Beste bist", hörte er eine bekannte Stimme. „Jetzt wird uns nichts mehr trennen", sagte Sarah bestimmt und küsste ihr Pferd auf die weiche Nase.

Zeitfracht Medien GmbH
Ferdinand-Jühlke-Straße 7
99095 Erfurt, Deutschland
produktsicherheit@kolibri360.de